果然我的青春戀愛喜劇搞錯了。③

My youth romantic comedy is wrong as I expected.

渡 … ataru】
繪者／po…

U0028893

日本小學館正式授權繁體中文版

果然我的青春戀愛喜劇搞錯了

My youth romantic comedy is wrong as I expected.

登場人物【character】

three

比企谷八幡……本書主角。高中二年級，個性相當彆扭。

雪之下雪乃……侍奉社社長，完美主義者。

由比濱結衣……八幡的同班同學，總是看人臉色過日子。

材木座義輝……御宅族，夢想成為輕小說作家。

戶塚彩加……隸屬於網球社，長相很可愛，可惜是男的。

平塚靜……國文老師，亦身為導師。單身。

比企谷小町……八幡的妹妹，國中生。

雪屋……比企谷家養的貓。

酥餅……由比濱家養的狗。

沒有使用自己的名字
這點值得嘉許。

聽說現在已經不流行
這種長標題囉！

《雙劍交錯，反轉世界開始流轉》

（簡稱「交錯流轉」）

不要還沒出書
就開始想簡稱，
看了就不爽！

【主角】足利義光

足利將軍一家之正統後繼者，足利義輝之轉生。

平常不會彰顯自身的能力，不過必要時，會毫不猶豫地拔出愛刀「影太刀」戰鬥。他的劍術習自祖父，但祖父在義光年幼時，為了保護他不受敵人襲擊而死亡。

在那之後，他為了不讓自己身邊的人遭遇危險，選擇走上孤獨戰鬥的道路。

性格相當孤傲。儘管大家不理解他獨來獨往是為了保護周圍的人，他本人並不在意。劍術居於當代翹楚，據說甚至凌駕過去的劍豪將軍。

終結戰亂的祕太刀「虛無」，可以取消敵人的技能、能力、術式。於是敵人灰飛煙滅。

你們中二
真喜歡取消
能力。

等一下！那他
是什麼時候學
習劍術的？

我肯定你努力把自己的名字設計成帥氣英文的用心。

你們中二真喜歡複製能力。

【對手】布萊特・〈劍術大師〉・伍德史塔克

十七歲，最終頭目。鏡面界之首領，最強劍士。

他是義光的同位體，生於由真實世界複製出的鏡面界，對滿是虛偽的世界感到疑惑，進而開始追求自己存在的意義，獨自持劍與真實世界戰鬥。

祕劍「幻鏡的千劍閃光」(Thousand Blade of Mirage)，可在一瞬間複製對方的一切技能、術式、能力，以極快的速度回擊一千次。在相同能力的情況下，強的一方必然在戰鬥中獲勝，是故為最強之祕劍。

於是敵人灰飛煙滅。

同位體是什麼？你有好好做功課嗎？

【使魔】那克哈爾

不起眼的小角色，容易背叛人又超級弱。多少還算是布萊特的手下，但那也是對方看他可憐才收留他的。根本是廢物。

體型瘦小，卻喜歡打扮得俗裡俗氣，頭髮為褐色。

喜歡集體行動，吵吵鬧鬧的，總是綁著頭帶。

口頭禪是「啊～累死了～」、「不覺得臭臭的嗎」。

很快就掛了。

這傢伙特別寫實，你絕對是拿誰當範本吧！哪一個人？C班的嗎？感覺你的內心真黑暗。

1 於是平塚靜點燃新的戰火

我把一疊內容亂七八糟、有如死海古卷的紙張放到桌上。

「……這什麼玩意兒？」

一大清早，我便看了一堆完全不知所云、教人退避三舍的文字。

不用說，這堆內容彷彿在哪裡看過又到處都是問題的東西，當然是材木座義輝大師使出渾身解數，為下一部作品撰寫的設定資料。不過，在推出下一部作品前，我希望他原本的作品能先開工。

這些設定怎麼看都支離破碎，才在這個階段就已出現矛盾、破綻百出。

值得稱讚的地方，只有主角是孤獨的劍士這一點。

孤獨是最美妙的一件事，真正的英雄總是獨來獨往。

這是一種強大的象徵。因為不跟人群建立關係，即代表沒有必須守護的事物。

換個角度來說，必須守護的事物正是弱點所在。舉凡歷史上的希臘英雄阿基里斯，

抑或最強的僧兵武藏坊弁慶，皆是因為弱點而戰敗。如果他們沒有弱點，在歷史上的定位想必會被改寫為勝利者。

因此，沒有弱點、沒有必須守護的事物、不建立人際關係的人才是最強的。

也就是說，我是最強的。

在材木座寫的垃圾設定中，唯有強到根本是開外掛的孤傲劍士比較實際，其餘都是垃圾。就這麼寫上評語吧，「垃．圾」……好，完成。

我完成一項工作，心中頓時感到神清氣爽。同一時間，我的妹妹小町剛好也準備好早餐。

父母親早早便出門工作，所以客廳裡只有我跟妹妹兩人。

她披著圍裙，動作俐落地擺好我們兩人的早餐。不過我說小町啊，妳既然穿無袖背心跟短裙，就別再穿什麼圍裙啦，這樣看起來很像裡面什麼都沒穿耶。

桌上有烤成焦黃色的英式鬆餅、咖啡，以及一罐果醬。

英式鬆餅烤得恰到好處，散發出迷人的味道，配上純淨的咖啡香氣，融合成一首組曲彼此應和；色彩鮮豔的果醬則有著耀眼的光芒，整份早餐洋溢著美少女的氣息。

「我開動了。」

「來來來，請用請用～～小町也開動了！」

我們合掌說完開動，開始吃起英式鬆餅。

「今天的早餐是不是很有美感？有了英式鬆餅，感覺就很英格麗緒呢！」

「……什麼英格麗緒？新的必殺技嗎？」

「不對，是很英國風的意思。」

「啊？我一直以為那叫做 British。」

「討厭啦～世界上哪有國家叫 British？」

「……英國在國際上的正式稱呼為大不列顛（Great Britain）或聯合王國（United Kingdom），而『英國風』一般都說是 British。幫妳補充一點小常識。」

「隨、隨便啦！那是和製英語（註1）！就像 GREAT 義太夫（註2）一樣！」

……不，GREAT 義太夫並不是和製英語。

我不理會小町漏洞百出的藉口，伸手去拿煉乳。

在咖啡中加入煉乳調成MAX咖啡風味，稱為千葉風。順帶一提，近未來的籃球動畫則稱為 BASQUASH。

「對了，英國人的話，不是應該喝紅茶嗎？」

「小町知道。不過哥哥比較喜歡咖啡，所以小町覺得選擇咖啡能幫自己加分～」

「嗯，可能有加一點分吧。如果有這種計分方法也滿不錯的，什麼都能看得很明白。」

註1 日文裡的一種現象，以現有單字組合出原本不存在的英文。

註2 日本的搞笑藝人。

如果對方想不想要、好感度是高是低等等，都能清楚顯示出來，想必會輕鬆許多。要是能明確知道對方沒有那種意思、對自己的好感度很低，便不會有所誤解，也能乾脆地死了這條心。光是這一點，就能讓廣大的可憐男性得到救贖。

我一邊啜飲著假ＭＡＸ咖啡一邊回答。小町聽了，突然把手一鬆，讓鬆餅掉到桌上，還面色蒼白地顫抖著肩膀。

「哥哥……變得好奇怪……」

「啊？」

「一定有問題！平常小町說這種話，哥哥都會不耐煩地無情反駁，但冷淡的語氣中帶有對妹妹的愛。」

「我看是妳比較奇怪。」

這傢伙未免太感性。

「好啦，先不開玩笑。」

雖然她嘴上那樣說，我卻聽不出其中有多少是玩笑話，感覺有點恐怖。如果她是從被別人冷淡對待中得到快感的變態，我還真不曉得接下來該怎麼跟妹妹相處。搞不好我會天天對她冷淡，拚命增加自己的分數。這種兄妹之間的愛情，未免太過扭曲。

「最近哥哥真的有點奇怪，感覺沒什麼活力……不對，哥哥本來就是這樣。那是眼睛沒什麼精神，像一條死魚嗎……不對，那也是本來就這樣……啊，對了，吐槽只吐一半……咦？這好像也一樣耶。嗯～～反正就是很奇怪啦！」

「妳到底是在擔心我還是想損我……」

被說成這樣，真不知道妹妹究竟是愛我還是討厭我。

「不過，最近天氣很悶熱，所以眼神跟性格容易像死魚一樣腐爛吧。」

「喔喔！這句話真不錯！」

小町由衷地感到佩服，讓我有點高興，忍不住用鼻子發出「哼哼」的笑聲。不過仔細一想，她其實把我說得很不堪。

「妳想想，六月根本沒有值得興奮的地方。既沒有國定假日，雨又下個不停，天氣還那麼悶熱。明明是六月天，卻沒有半點六六大順的感覺。」

「零分。」

「喔，是……」

想不到小町的評分標準意外地嚴格。

我一臉得意地講出冷笑話，卻落得失敗的下場，心裡有種說不出的空虛。我好像多少理解平塚老師的心情了。

一想到平塚老師，我這才發現差不多得去上學了。遲到的話，肯定又要接受她的鐵拳制裁。

我把剩下的英式鬆餅塞進嘴巴，用千葉風味的咖啡沖進胃裡，然後對小町說：

「我差不多要出發了。」

「啊，小町也一起走。」

她把英式鬆餅塞進嘴裡，臉頰鼓得有如一隻松鼠，接著開心地換起衣服。不是叫妳別在這種地方換衣服嗎？

「我先去外面。」

「好～～」

小町慢條斯理的回應從我身後傳來。

來到家門口，梅雨季節特有的潮溼空氣立刻附著到身上。自從職場見習之後，我好像沒再看過蔚藍的天空。

× × ×

溼溼黏黏的空氣籠罩整棟校舍。大家到校的尖峰時間更因為人潮密集，不舒服的感覺往上翻好幾倍。

「孤獨」這個字，經常讓人產生躲在陰暗角落的印象，但如果是在我的班上，則會變得正大光明。因此，我的周圍有如颱風中心，在校內形成一股晴空亂流。

若是朋友多的人，在這種悶熱的天氣裡，還得忍受被高達三十六度的蛋白質包圍，想必非常辛苦。從梅雨時期開始到夏天的這段期間，獨行俠得以享受空氣流通的校園生活，實在是愜意得難以言喻。

我在校舍門口換上室內鞋，抬起頭時，看見一個認識的面孔。

「啊……」

由比濱結衣腳踩鞋跟磨損的便鞋，不知該做何反應似地別開眼神。我維持看著她的視線，用往常的方式打招呼。

「早。」

「啊……嗯。」

對話到此結束。我重新背好背包，獨自踏上油氈地板，一個人的腳步聲逐漸消失在人來人往的走道上。

經過一個週末，我跟由比濱結衣之間有點尷尬的氣氛依然存在，這幾天裡並沒有任何改變，結果一回神時，我才發現已經到了星期五。

她早上不再跟我大聲打招呼，然後一起走去教室。我又回到以往平和到不能再平和的生活。

很好，非常酷，一切都回歸從前。

本來獨行俠就是不會給任何人添麻煩的存在。他們不跟別人產生關係，藉以避免造成傷害，是一種終極環保、終極樂活的純淨生物。

回歸從前之後，我的內心恢復平靜，由比濱也得以從自責中解脫，回到以往的現實充生活。這個選擇應該沒有錯，甚至可說是非常正確。

畢竟我只是救了一隻狗，根本沒有什麼需要感謝的。這一切純粹出於偶然，如同撿起掉在地上的錢包還給失主、讓位子給老年人，之後頂多暗自竊喜：「哇！我剛才做了一件好事！我不枉為一個人，跟那些輕浮庸俗的傻瓜不同！」

她不必對那點程度的偶然念念不忘，更不必為我一入學立刻變得孤獨感到愧疚。

所以，這件事到此結束。我們只要回到以往，各自過各自的生活即可。雖然人生不能重來一遍，人際關係倒是可以，這是我的親身經歷。國中時期的同班同學，之後再也沒有聯絡……喔，那不是重來，要叫刪除才對。嘿嘿。

×　×　×

枯燥乏味的第六節課結束。

我是一個認真勤奮的學生，上課時不會跟任何人說話，總是獨自默默地度過。

對了，第六節課是英文會話課，所以我勢必得跟隔壁的同學練習。不過一進入練習時間，坐在我隔壁的女生便拿出手機把玩。雖然這樣可能會被巡視的老師訓斥，不過我用了固有技能隱匿存在感，所以老師從頭到尾都沒注意到。我真不簡單。

不過，這個技能什麼時候才會解除啊……

放學前的班會結束後，技能仍然持續發揮效果。因此，我輕手輕腳地避開大家的耳目整理好書包。難道我是間諜不成？

哎呀，看來ＣＩＡ遲早會把我吸收進去。要是中間出什麼差錯，換成ＡＩＣ

（註3）來找我，到時候我就默默製作一部「天地無用」的OVA吧。

正當我胡思亂想時，凡夫俗子的吵鬧聲在背後擴散開來，彷彿要宣揚：「這就是青春！」

體育社的人一邊慢吞吞地準備去社團，一邊熱烈談論學長姐和顧問的壞話。文藝社的人嘻嘻哈哈地對彼此微笑，分享今天帶了什麼點心。至於回家社，他們正慵懶地討論著放學後要去哪裡玩。

其中有一群人的討論特別大聲。

「今天足球社的顧問請假，真羨慕！」

我回神一看，發現包含葉山在內的七個男男女女，正圍成一圈坐著閒聊。見風轉舵的棒球社處男大岡首先發出抱怨，橄欖球社那個什麼來著的大和點頭應和，得意忘形的金髮戶部再開始聒噪。

「哇，你們今天都要乖乖去社團，那我們呢？我們要做什麼？」

「你來決定～」

三浦的左手扯著電鑽狀的鬈髮，右手把玩手機，貌似對戶部說的話沒有興趣。海老名跟由比濱隨侍在她的兩側，看來今天班上的女王陛下也有好好展現出威嚴。

戶部被賦予這項重責大任，立刻有了精神。

「啊～31霜淇淋怎麼樣？不賴吧！」

註3　「Anime國際公司」之簡稱，一間日本動畫製作公司。

下一秒，三浦「啪」一聲闔上手機。

「什麼？沒興趣。」

……不是妳自己說交給他決定的嗎？

我忍不住在心裡吐槽。獨行俠即是如此日日精進吐槽的技能。

也因為這句吐槽，我的眼睛轉向三浦那裡。

接著，跟由比濱對上視線。

「…………」

「…………」

我們都注意到彼此，卻不開口說半句話，只是默默觀察對方的舉動。

如果要我舉例，差不多如同在住家附近的車站等電車時，發現隔壁車門的位置站著一名同班同學。我心想：「糟糕，是大船……」對方同時也在想：「啊……他叫什麼名字……比、比企……唉，算了。」喂，不要想到一半就放棄。

對啦對啦，絕、絕對不是對方不記得我，而是我的記憶力太好。我的頭腦非常靈光，對於記別人的名字這檔事，獨行俠可是意外地拿手，八成是因為心中期待對方什麼時候會開口搭話。

要說我的記憶力有多好呢？過去我叫一個從沒說過話的女生名字時，她的表情因為恐懼而陷入扭曲，害怕我為什麼知道她的名字……呃，我的事先不說。

總之，我跟由比濱的關係，宛如一流的劍士互相尋找攻擊的時機，類似「這場決鬥，先動的人就輸了」這樣。

後來是由三浦打破尷尬的氣氛。

「還是去打保齡球吧。」

她不知怎麼想的，提出這個建議。海老名點點頭：

「我懂！保齡球瓶肯定是誘受！」

「海老名，拜託妳閉嘴，還有把鼻血擦掉，好好裝個樣子。」

三浦無奈地說著，同時把面紙遞過去。

我剛為她溫柔的一面大感意外，又發現那怎麼看都是電話交友中心送的面紙，結果一下子不知該做何感想。

「啊，我也有想到打保齡球，應該說我唯一想到的就是保齡球！」

「沒錯吧？」

在戶部的贊同下，三浦得意地拉著那頭鬈髮。然而一旁的葉山若有所思，似乎有其他意見。

「不過，上週也是打保齡球……偶爾去射個飛鏢如何？」

「隼人說要射飛鏢，就去射飛鏢吧～♪」

三浦馬上改變意見。難道妳的特技是玩尪仔標不成？

「那我們走吧。沒玩過的人記得講一聲，我會教你。」

葉山起身移動，三浦、戶部、海老名跟在後面。這時，有個人還愣在原處。三浦發現了，回頭對那個人出聲：「結衣，要走囉！妳還在做什麼？」

「……咦？啊，沒、沒有！我馬上過去！」

始終以聽眾身分參與其中的由比濱，連忙抓起書包，站起來小跑步追上。她經過我的身邊時，動作突然慢下來。

她八成在猶豫應該跟隨三浦那群人，還是要去侍奉社。

沒辦法，這傢伙就是那麼溫柔，其實她根本不需要顧慮我。

可是，雖說她用不著顧慮我，但看她不知該如何是好的樣子，還是讓我有些過意不去。

不行不行，身為一個獨行俠，絕不能帶給他人困擾。

我還是先速速離去為妙，比企谷八幡要帥氣離場囉！如果要說有多帥氣，大約如同事先把要說的話錄進錄音機裡的那傢伙（註4）。

COOL！COOL！COOL！

我盡可能不跟由比濱對上視線，悄悄離開教室。

×　×　×

我爬上特別大樓四樓，來到侍奉社的社辦。雪之下雪乃一如往常坐在房間深

註4　指《COOL -RENTAL BODYGUARD-》作品之主角。

處，臉上掛著不變的冷淡表情。

唯一的不同之處，在於她今天閱讀的不是文庫本，而是流行雜誌。真難得。她沒穿外套，而是穿學校指定的夏季背心。說到「學校指定」的衣服，很容易讓人產生俗氣的印象，不過穿在雪之下身上，看起來反而很體面，還散發出一種清涼感。

「嗨。」

「……喔，原來是比企谷同學。」

雪之下輕嘆一聲，視線落回手中的流行雜誌。

「不要擺出換座位後坐到我隔壁的女生的反應，那樣讓我很受傷。」

不是只有學校舉辦的活動，才會大量製造我的創傷。平常大家不以為意的小地方，也很容易萌生創傷的幼苗。正因為不是什麼特別的事，她們更容易說出真實心聲。太過分了。

每個月固定一次的座位大風吹，便是最好的例子。

「我明明沒有任何不對，為什麼卻變成好像是壞人似的？要抱怨的話，應該抱怨自己的運氣太差，抽籤抽到我旁邊的座位。」

「所以你還是承認自己隔壁的座位是最差的位置啊……」

「我沒有說『最差』，那是妳先入為主的觀念。」

「我向你道歉，潛意識還真可怕呢。」

雪之下對我一笑。其實潛意識做出的行為才更傷人……

「剛才我說的話也來自潛意識，所以別放在心上。我本來以為一定是由比濱。」

「喔，原來是這樣。」

雪之下會那樣想也不無道理。這幾天由比濱都沒來社辦，雪之下大概很在意，認為她今天一定會來。

「前天是帶寵物去醫院檢查，昨天是家裡有事……」

她對著自己的手機喃喃念道，大概是在看由比濱傳來的簡訊。不過那些簡訊並沒有寄給我。

那麼，由比濱今天究竟會不會來呢？

她來的話，我肯定會比照早上的方式對待她。

我很清楚雙方演變到這個局面，最後將面臨什麼結果。

兩人在不知不覺中逐漸疏遠，不知不覺中失去交流，接著，在不知不覺中也不再見面。這是我的親身經歷。

從小學到國中的同班同學，都是像這樣從此再也見不到面。我跟由比濱大概也會如此吧。

社辦內一片沉默，只有雪之下翻閱雜誌的沙沙聲響。

這麼一想，最近耳根子還真是不得清淨。原本只有我跟雪之下兩人，雙方始終默不作聲，即使是開口的時間，也都是彼此罵來罵去。

雖然那不過是最近一、兩個月的事情，卻讓人感到莫名懷念。我望著社辦門口發呆，雪之下宛如看透我的心思，開口說道：

「如果你在等由比濱同學，她今天不會來喔。剛剛她傳簡訊過來了。」

「這樣啊……我、我可不是在擔心由比濱喔！」

「那是什麼語氣，真教人不舒服……」

我鬆一口氣，意識從門口移到雪之下身上。

雪之下輕輕嘆一聲：

「由比濱同學是不是不再來了……」

「妳可以去問問看啊。」

由比濱仍然跟雪之下保持聯絡，如果她去問一下，對方應該會回答。

但是，雪之下無力地搖搖頭。

「根本不用問。我問的話，她一定會說要來。即使心裡不想……應該也一樣會來。」

「嗯……也對……」

由比濱結衣就是這樣的人。她總是把其他人看得比自己重要，所以願意跟一個孤獨的傢伙說話，如果我傳簡訊給她，也會得到回覆。

然而，那是她的溫柔，也是她的同情。說穿了，其實不過是出於義務。但這對一個經驗值很低的男生而言，已足以讓他誤會「咦……她、她該不會是喜、喜歡我吧」，真希望她能多少改善一點，不要那麼難以捉摸。

如果有一種軟體，可以自動把女生傳來的簡訊轉為敬語該有多好。那樣一來，我便不會產生多餘的期待……等等，這好像很有商機喔！

我妄想自己賺進大把鈔票的同時，雪之下不發一語地凝視著我。被她一臉正經地看著，我的心跳逐漸加速。好恐怖……

「什、什麼事？」

「……你跟由比濱同學發生什麼事嗎？」

「沒什麼。」

我連想也不想便回答。

「如果沒有什麼事，我不認為由比濱同學會突然不來。你們是不是吵架了？」

「沒有……應該沒有。」

雪之下的這個問題，讓我不禁語塞。

不過我沒有說謊，我也不知道那樣究竟算不算是吵架。

我跟別人的關係，從來不曾深入到可以吵架的地步。獨行俠一向抱持和平主義，別說是不抵抗，我們根本不跟對方接觸。從世界史的角度思考，完完全全就是甘地。

我想得到的吵架，只存在於兄妹之間，但那也是小學的事，而且妹妹通常會召喚老爸，打得我ＨＰ直接歸零，結束這一回合。如果老爸不在而無法召喚，她還會用陷阱卡讓老媽出來，所以到頭來一樣是我吃敗仗。

我會遭到一陣訓斥，然後到了晚餐時間，大家又和樂融融地坐在餐桌上，兄妹爭執到此落幕。

雪之下看我默默思考著，又再度開口：

「由比濱同學思慮不周、個性不謹慎、說話不經過大腦、擅自闖進別人的領域、會跟人打哈哈敷衍了事，而且吵得要命──」

「現在比較像是妳在跟她吵架……」

要是她本人聽到，大概會哭出來。

「請你聽我說完。她有很多缺點沒錯，不過……她的本性不壞。」

雪之下舉出那麼多缺點，實在無法讓人想像由比濱的本性不壞。不過，看雪之下漲紅臉頰別開視線，聲音還小聲到快要聽不見，便能知道那是她最大的讚美。如果由比濱本人聽到那段話，大概會哭出來──感動到哭出來。

「這些我都瞭解。我們並沒有吵架，何況雙方的關係要親密到一定程度，才有辦法吵架，所以那應該算是……」

我搔搔頭，想擠出適當的字眼。雪之下也手撫下巴跟著思考。

「……口角？」

「啊，有點類似，但不太一樣。感覺有點進入射程範圍。」

「那麼……戰爭？」

「一點都不像，而且偏離射程範圍。」

「殲滅戰？」

「妳有聽我說話嗎？越來越遠啦！」

為什麼戰況越來越慘烈？她的想法真像織田信長。

「所以是……摩擦吧？」

「喔，沒錯沒錯。」

正是那種感覺，可以拿到魔神地圖Lv87的玩意兒（註5）。我念國中時，在學校打開擦身通信，結果在班上引起一陣騷動，大家都很好奇：「這個叫『八萬』的是誰？」

說真的，我希望遊戲公司不要再搞那種連線功能了。連線對戰還無所謂，但是以「三五好友一起遊玩」為前提設計的遊戲，擺明是在欺負沒有朋友的人。我正是因為找不到人擦身通信，神奇寶貝遲遲無法進化，因此沒辦法完成圖鑑。

「這樣啊，那就沒辦法。」

雪之下輕嘆一口氣，闔上雜誌。不過她表現出來的樣子完全相反，只是無奈地接受這個事實。

她不再追問，維持兩人之間的距離感。

我和雪之下跟人保持距離的方法，說不定非常相似。

註5 指「勇者鬥惡龍九」中透過擦身通信取得之地圖。

如果有什麼話題或閒談，我們是可以跟人聊上幾句，但幾乎不會觸及私人領域，絕不主動提出「你今年幾歲」、「住在哪裡」、「生日是哪一天」、「有沒有兄弟姐妹」、「父母從事什麼工作」之類的問題。

之所以這麼做有幾個可能的理由，像是我們本來便對別人沒有興趣、不想踩到別人的地雷……對了，也可能因為獨行俠不擅長問問題。沒頭沒腦地拋出那種問題，感覺也滿奇怪的。

絕不詢問個人隱私、絕不跨越紅線，劍客們即是這樣互相探測距離。

「該怎麼說呢？這就是一生一次的緣分。既然有相遇，也會有分別。」

「為什麼那麼好的一句話被你一用，只剩下消極的意思……」

雪之下不知該如何回應。但人生確實為一連串的這種緣分。在我的小學時代，班上有人在轉學前跟大家約好會寫信聯絡，之後唯獨我沒收到回信，於是我也不再寫信給他。大概是這種感覺。健太明明就有收到回信啊……

君子不近危，往者不追、來者不拒，這或許是避免風險的唯一途徑。

「不過……人與人之間的關係，確實意想不到地脆弱，只要一點點小事情便能輕易瓦解。」

雪之下略帶自嘲地低喃。

這時，忽然有人拉開社辦大門，發出喀啦的聲響。

「不過，人也會因為一點點小事情而串聯起來喔。雪之下，現在還不到放棄的時候。」

身披白衣、說著帥氣台詞來到我們面前者何許人也？原來是對我發動攻勢時一向不手軟的平塚老師。

「老師，請先敲門……」

平塚老師完全不理會雪之下的怨言，逕自環視社辦。

「嗯，由比濱已經一個星期沒來社團啦……我還以為現在的你們會靠自己的力量想辦法……看來你們果然病得很嚴重。」

總覺得老師的話中帶有佩服的語氣。

「老師，您來這裡有什麼事……」

「喔，對。比企谷，我不是跟你說過『比賽』的事嗎？」

聽到「比賽」這個字，我多少回想起自己正在跟雪之下進行一場「Robot Fight！誰能夠侍奉比較多人」的比賽，但不是機甲寶貝兵。

前一陣子，平塚老師提到她要修改比賽規則，就像遊戲公司會做的那種事情。所以，今天她是來告訴我們新的規則吧。

「今天我來的目的，是公布新的比賽規則。」

她盤起雙手、挺直腰桿，我跟雪之下也端正姿勢，準備洗耳恭聽。

老師來回凝視我們，充分醞釀氣氛。她不疾不徐的動作，反而讓我們更加緊張，現場安靜到可以聽見自己吞口水的聲音。

接著，老師慎重地開口，打破籠罩室內的沉默。

「我要請你們互相殘殺。」（註6）

「……老套。」

這部片最近連在星期五電影院（註7）都很少看到了。說到這個，「天空之城」每年都播一次，未免太過頻繁。我自己有買DVD，所以拜託你們改播「地海戰記」好不好？那片我還沒買。

話說回來，現在的高中生大概沒聽過那部電影。我轉向雪之下，發現她用望向路旁垃圾的冷淡視線看著老師。

老師直接承受雪之下的視線，不禁發出幾聲乾咳蒙混過去。

「咳咳、咳，嗯，總、總之！簡單來說就是『大逃殺』的遊戲規則！三強爭霸才是拉長戰鬥漫畫生命的王道！如果要說得更淺顯一點，則是《城市風雲兒》的輝夜公主篇。」

「又是令人懷念的作品……」

「既然是三強爭霸的大逃殺，當然也可以聯手戰鬥。你們的關係不僅是對立，最

註6　出自出自電影「大逃殺」之台詞。
註7　原名「金曜ロードショー」，日本電視台於週五晚上播放電影之單元。

好也學學彼此合作。」

原來如此。一開始先串聯別人解決麻煩的傢伙，確實是大逃殺的鐵則。

「這樣一來，比企谷同學豈不是永遠居於弱勢……」

「是啊。」

在我發出抗議和反駁前，嘴巴竟然先乾脆地承認。不過，不論我怎麼想，比賽勢必會形成我跟另外兩人對決的局面。

相對於已經大徹大悟的我，平塚老師信心滿滿地露出笑容。

「放心吧，接下來我仍會積極尋找新社員。不過，當然還是由你們拉攏新人入社。總之，你們可以用自己的力量增加同伴。上吧！以一百五十一隻為目標！」

老師說得非常有自信，不過那同伴的數目也忠實反映她的年齡，最近已經快增加到五百隻囉（註8）。

不過，要我們想辦法增加同伴……她說得還真輕鬆。

「不管怎樣，規則都對比企谷同學很不利呢。他完全不擅長拉攏人。」

「我不想被妳這種人說……」

「哎呀，你們不是已經讓一個人加入社團了嗎？不用想得太困難。」

老師這句話確實有道理，可是沒人能保證每次都能順利成功。

實際的情況是，原本進行得很順利的由比濱，現在不見人影。平塚老師似乎也

註8　指任天堂推出的「神奇寶貝」數字。

察覺到這一點，臉上的表情增添些許陰霾。

「話是這麼說，但由比濱看似不會再出現了……這也是個好機會，你們順便去尋找新社員填補人數。」

雪之下聽到這句話，驚訝地抬起頭。

「請等一下，由比濱同學並非退社……」

「她不來的話，那跟退社沒什麼兩樣。我不需要幽靈社員。」

平塚老師原本平靜的表情退去，換上寒氣逼人的眼神直視我跟雪之下。

「你們是不是搞錯什麼？」

老師並非提問，亦非提醒，而是訓誡。她以詢問之名，行責備我們的罪過之實。

我們無法回答，老師繼續說下去：

「這裡不是讓你們增進感情的俱樂部，要玩青春遊戲請去外面。我對侍奉社的要求是自我革新，不是泡在溫水裡欺瞞自己。」

「……」

雪之下緊咬嘴脣，視線瞥向一旁。

「侍奉社不是遊樂場，是正正當當的總武高中社團。而且你們也很清楚，對沒有熱忱的人抱持關心，僅限於義務教育的範疇內。既然待不待在這裡是出自個人意願，意志力不堅強的人只有離去一途。」

有熱忱、意志力……

「老、老師，我既沒有熱忱，意志力也不夠堅強，請問可以離開嗎……」

「你以為囚犯還有選擇的餘地？」

平塚老師瞪我一眼，劈里啪啦地按起手指關節。

「有、有道理……」

果然還是逃不掉……

老師稍微恐嚇我之後，重新看向雪之下。儘管雪之下的臉上沒有任何表情，她的態度仍透露出些許不滿。

老師見狀，有點傷腦筋地笑著。

「不過，確實因為由比濱的緣故，我們才得知社團人數增加，可以使活動變得更活潑。而且，再多一個人也比較容易維持平衡。所以……你們在下週一之前找出一個有熱忱、意志力又堅強的人填補社團人數吧。」

「在星期一之前找一個有熱忱又有意志力的人……要求真多……那傢伙最後會被山貓吃掉吧？」(註9)

「你真喜歡宮澤賢治……」

以上是全年級國文第三名跟第一名才會有的對話。

話說回來，時限是星期一之前的話，即使加上今天跟星期一當天，也只有區區四天而已。要在這麼短的時間內，找一個熱衷侍奉社活動，又有決心革新自己的人

註9　出自宮澤賢治《要求很多的餐廳》之劇情。

入社，實在是強人所難。難道老師是輝夜姬（註10）不成？喔～～我懂了，所以這個人才一直結不了婚。我看她早晚會跟那位公主一樣，被老家的人接回去。

「真是蠻橫……」

我發出無謂的抵抗和怨言，老師咧嘴一笑。

「哎呀，真是意外。這可是我的溫柔喔。」

「哪裡溫柔啦……」

「你不瞭解也無妨。那麼，今天的社團活動到此結束。你們趕快思考維持社團人數的辦法。」

老師說完，不由分說地把我跟雪之下連同書包丟出社辦，然後「啪」一聲關上社辦大門。

她迅速把門上鎖，踩著「喀、喀」的腳步聲離開。

雪之下對她的背影問道：

「平塚老師，我再確認一次，只要『填補人數』即可對吧？」

「沒錯，雪之下。」

老師留下這句簡短的回答後離開，不過她轉過頭時，臉上帶著笑容。

我們目送老師離開，然後互看彼此。

註10 《竹取物語》中的公主，她向前來求婚的人提出非常困難的要求，達成者才能跟她結婚。

「好啦，我們該怎麼填補人數？」

「不知道，我也沒有邀請過別人，但我多少想得到誰有可能願意加入侍奉社。」

「誰？戶塚嗎？一定是戶塚對不對？」

除了戶塚之外，我完全想不到其他人選。真要說的話，我滿腦子都只有戶塚。在我猛烈的「戶塚攻勢」下，雪之下有些瑟縮。

「不對。雖然他可能也願意加入，不過還有更簡單的方法吧？」

雖然雪之下這麼說，但我想不到我們還能向誰開口。即使絞盡腦汁，頂多只能想到葉山隼人這個世間少有的真正現實充。也對啦，如果我們拜託他，他說不定願意幫忙，可是那樣跟「有熱忱、意志力堅強」的條件不合。我實在想不到其他任何人了。什麼？材木座？這名字真罕見……所以，那是誰？

雪之下見我已經想不出什麼名堂，輕輕地嘆一口氣。

「你還不懂嗎？就是由比濱同學啊。」

「啊？可是她已經不來啦。」

她撥開披在肩上的長髮，用堅定的眼神看我，神情中沒有半點先前顯露的放棄。

「那又怎樣？讓她回來不就好嗎？平塚老師也說，我們只要補滿人數即可。」

「嗯，或許吧……」

確實，我們只要把人數補滿，便算是達成老師的要求。但現在的難題在於，由比濱究竟有沒有熱忱。如果我們不提升由比濱的動力，她連侍奉社的社辦都不可能踏進來。

雪之下大概也明白這點，手抵著下巴思考。

「……反正，我先想想看讓由比濱同學回復原本樣子的方法。」

「妳真有熱忱。」

她聽到我這句話，自嘲地笑起來。

「是啊……最近我才發現，其實這兩個月裡，我還滿樂在其中的。」

「…………」

此刻的我絕對是震驚地張大嘴巴。雪之下竟然會說出這種話……

她見我沒有回應，似乎也不好意思地臉紅。

「怎、怎麼？突然露出奇怪的表情。」

「啊，沒有，沒什麼。我哪有露出奇怪的表情？」

「明明就有。」

「才沒有。」

「更正，你現在就是一副奇怪的表情。」

她跟我道別後，踏出腳步離去，而且側臉不再是先前的沉悶，而是平時那副大膽自信、專屬於雪之下的表情。

2

果然我跟戶塚彩加的青春戀愛喜劇沒有搞錯

接到平塚老師蠻橫命令後的二十分鐘，我人在腳踏車停放處，不知該何去何從。

如同雪之下所言，想辦法重燃由比濱的熱忱、讓她回到侍奉社是最快的方法。

我對由比濱回歸侍奉社也沒什麼意見。反正我早已按下重設鈕，現在應該可以跟她保持適當的距離，接下來只要好好維持即可。

那麼，該如何重新燃起由比濱的熱忱呢？

我們不可能因為老師的一句命令，便拿繩索套住由比濱的脖子硬拉她回來。即使拜託她回到侍奉社，我們也無法回到過去的關係。

——該怎麼辦才好？

我暫且佇足思考。

然而……我還是得不到答案。該道歉嗎？可是，我並沒有做錯什麼啊……

我跟小町吵架時，事情總會在不知不覺中解決。這次能不能也像那樣，在不知不覺間煙消雲散呢？

我苦著一張臉搔搔頭，這時，突然聽到有人呼喊我的名字。

「八幡？啊，果然是你。」

我回過頭，發現戶塚彩加在耀眼的夕陽餘暉下，露出靦腆的表情。他光是站在那裡，空氣中的塵埃便化為光的顆粒——戶塚簡直是天使！

有那麼一瞬間，我的心神差點被他奪去，但我還是盡可能保持沉著。

「嗨。」

「嗯，嗨。」

戶塚學我舉起一隻手打招呼。他大概覺得自己的動作略顯生硬，因而不好意思地露出害羞的笑容。不行了！他真是太可愛啦！

「八幡也要回家了嗎？」

「嗯。網球社的活動結束啦？」

還穿著運動衫的戶塚背好網球拍，稍微思考一下後搖頭。

「還沒結束，不過我今天晚上要上課，所以提早離開。」

「上課？」

我想，像戶塚這麼可愛的人，如果去沖繩藝人訓練班之類的地方上課，一定能夠成為偶像。好，等你發片我會包下一百張！拿走裡面的握手券後，再把唱片轉手出去。

「嗯，是網球課。因為社團活動把重點放在基礎練習上。」

「喔……看來你練得很勤快呢。」

「沒、沒有那麼厲害啦……因為……我很喜歡。」

「咦？抱歉，請你再說一遍。」

「嗯……沒有那麼厲害啦。」

「不是，是下一句。」

「……因為我很、很喜歡。」

「OK，這次聽清楚了。」

我在內心按下X鍵，把剛才聽到的話深深烙印進腦海中。

接著，我呼出一口幸福的氣息，戶塚則不解地歪著頭，不懂我在做什麼。總而言之，我已經達成目的，Mission Complete。

「啊，沒事沒事，抱歉。你剛剛說要去上課，所以現在要過去了嗎？那麼再見。」

我輕輕對戶塚揮手，跨上腳踏車，準備踩下踏板。這時，背後出現一股相反的力道。我回頭檢查是不是鉤到什麼東西，結果發現是戶塚抓著我的上衣。

「其實……我的課是晚上才開始，所以還有一點時間……而且地點在車站附近，很快就能走到……不對，重點不是這個……要不要一起去玩一下？」

「咦……」

「如果你有空的話……」

對方都已這樣開口，我想應該沒有人狠得下心拒絕。即使我晚一點還有打工，也百分之兩百會跟老闆請假，然後因為尷尬得待不下去，而辭掉打工不幹。

如果換成女生來邀約，要做的第一件事是環視四周，檢查有沒有人在監視這場處罰遊戲。檢查完後，不論打不打算接受邀請，為了保險起見都要拒絕。

不過，戶塚是男生。

……是啊，他是男生。

唉，可惜他是男生。為什麼我可以感到如此安心呢？

受到戶塚溫柔對待，不必擔心產生什麼誤解，也不會在衝動之下脫口告白，接著被對方拒絕而遭受重大打擊。話說回來，當我說出跟男生告白這些話的時候，便已受到這個社會狠狠打擊。

既然如此，我根本沒有理由拒絕。

「走吧，反正我回家也只會看書而已。」

我在家裡的生活乏味到嚇死人的地步。看書、看漫畫、看預先錄好的動畫、打電動，覺得膩了便念點書。偏偏這些事也讓我快樂得不得了，真是難以抉擇。

「這樣啊，太好了，那我們一起去車站吧。」

「要上來嗎？」

我輕拍腳踏車的後座。

兩個男生共乘一輛腳踏車的光景隨處可見，不是什麼新奇的事。所以就算戶塚坐上來，用雙手環抱住我的腰，跟我說「八幡，你的背好寬喔」，也不會有任何不自然的地方。

但戶塚搖頭拒絕。

「不、不用啦，我那麼重……」

不管我怎麼看，你都比那一群女生還要輕吧——我很想這麼說，但只是應一聲「喔」，因為戶塚不喜歡別人把他當成女生。

「雖然到車站那裡有點距離，但我們用走的過去吧。」

他害羞地露出微笑，走在我的前方帶路，我推著腳踏車跟在後面。

一路上，戶塚不時仰頭打量我。三步一看，五步一看……不，你用不著擔心，我會好好跟著你的。

我們默默走著，轉過薩莉亞旁邊的公園，走上通往天橋的路。

這是一段酸酸甜甜的時光，有如剛交往的國中生情侶不斷看著彼此，卻一再錯過開口的時機。我覺得自己好像緊張到快要往生了。

橫跨國道兩側的天橋分為兩層，上層供汽車行駛，下層供行人使用。迎面而來的風吹散車輛的廢氣，將涼爽的空氣送至陰涼處。

「好舒服喔，八幡。」

戶塚這麼說著，從比我高五級階梯的地方回過頭來，清爽的笑容充滿初夏風情。我好想以jpg檔將這幅景象收藏起來。

「是啊，用來午睡剛剛好。」

「八幡，你下課時間都睡那麼多了，還覺得不夠嗎？」

他輕笑一聲。但事實並非如此，我只是因為沒有聊天的對象，也沒有什麼事情好做，索性把下課時間拿來睡覺。

「西班牙人也有午睡的習慣。午睡可以趕走睡意跟疲倦，提升下午的工作效率，聽說這在他們國家的公司是很正常的事。」

「喔，原來八幡是認真規劃過才選擇午休的。」

「嗯，這個嘛……算是吧。」

我當然沒有半點那種打算。想不到自己隨口瞎掰的內容，戶塚那麼輕易便相信，反而有種算盤被打亂的感覺……不知該說是我很受他的信賴，還是他太好騙。我想應該是後者，他將來搞不好會被不安好心的男人拐走，真令人擔憂，得好好守護他才行！

穿越天橋後，距離車站已經不遠。我們以不變的速度，走在這條筆直的道路上。當車站進入視線範圍後，戶塚的腳步略微趨緩，看來他不知道接下來要往哪個方向走。

「你想去哪裡？」

「嗯……有沒有可以在短時間內排遣鬱悶的地方……」

「你覺得……壓力很大嗎？」

為什麼我的心裡湧起強烈的罪惡感？說到這個，我們家剛養貓的時候，我因為太關心牠，反而讓牠的身上出現圓形禿，大概是因為那個原因，牠才會到現在都不肯親近我。看來太關心自己的寵物，反倒會讓牠們壓力太大。所以我對待戶塚時，也應該多加留意。

「啊，其實不是我……」

「雖然我不太清楚，不過要排解鬱悶，應該是去ＫＴＶ或遊樂場吧？」

「要選哪一個？」

戶塚下不了決定，轉而問我的意見。

我稍微思考一會兒。

ＫＴＶ跟遊樂場都可以排遣鬱悶。一個人拚命點歌，扯開嗓門放聲嘶吼，讓身體流點汗確實不錯。但是連續唱上五首，喉嚨跟精神都會消耗殆盡，若店員在這個時候送來飲料，那種尷尬實在是難以言喻。再說，唱完離開以後，還會強烈地後悔「我到底在幹什麼……」。

至於遊樂場，也有相當不錯的解悶效果，但格鬥遊戲區一向是老玩家的天下，一般人去玩，只會被打得落花流水。益智問答遊戲便滿有意思的，尤其網路連線對戰儼然成為現在的潮流，玩家甚至可以跟全國的挑戰者一起比賽。一路過關斬將，並且低聲嘲笑「哼，這群無知的傢伙」，實在是一件痛快的事。或是玩上海麻將，挑戰制霸萬里長城，然後回過神時，發現時間已經過三個小時，真是最棒的浪費時間方式。此外，玩完離開後，那種「我到底在幹什麼……」的感覺也非常美妙。

現在的問題在於，不論我們選擇去哪裡，最後註定都會變成「我到底在幹什麼……」。

KTV跟遊樂場，今晚你要選擇哪一邊——此刻的我，正面臨料理東西軍般的終極抉擇。不過這裡不愧是千葉，早已備妥這種時候專用的解決方案。

「去『姆大陸』如何？兩種願望都可以滿足。」

「姆大陸」算是綜合型娛樂中心，不僅有KTV、遊樂場，甚至還有保齡球場、撞球台、居酒屋。不過也因為那個地方非常熱鬧，容易聚集各式各樣的人，要去的話記得保護好自己。

「嗯……那麼就去姆大陸吧。」

在戶塚的催促下，我把腳踏車推過站前圓環，停到姆大陸的腳踏車停放處。

我們先搭電梯去遊樂場逛逛。

一踏進大廳，遊戲機台的音樂便像洪水般席捲而來。不到一秒鐘的時間，我們已置身在截然不同的世界——五光十色的燈光、裊裊升起的香菸煙霧、不輸給高分貝音樂的歡笑。

首先出現在我們眼前的是一排夾娃娃機。

我一看到情侶一邊興奮地叫著，一邊操縱機械手臂，立刻產生掉頭走人的衝動。可惡！不良分子們在做什麼？趕快來找他們的麻煩好不好！然後員警再來現場關切，把兩邊的人通通帶走。

情侶檔中的男方似乎跟夾娃娃機陷入苦戰，還請店員幫忙移動裡面娃娃的位置。聽說最近甚至可以請店員代為夾取，想不到已經簡單到這種地步。

我們從旁邊經過，來到電動遊戲區。

「哇～好驚人……」

戶塚忍不住發出驚呼。

這景象我早已經看慣，對戶塚來說卻相當新鮮。

我們的前面是格鬥遊戲，往裡面走是解謎遊戲跟麻將機台，射擊遊戲夾在兩者之間，右手邊是卡片遊戲。其中以卡片遊戲的機台最受歡迎，格鬥遊戲跟麻將的生意馬馬虎虎，益智問答遊戲只有小貓兩、三隻。不過，射擊跟解謎遊戲倒是不容小覷，有時候會出現超強玩家打出高得離譜的分數，引來一群圍觀人潮。

「八幡通常都玩哪些遊戲？」

「嗯……益智問答跟上海麻將。」

脫衣麻將這種遊戲我當然說不出口。

若要挑一個兩人都能玩的遊戲，還是益智問答類最安全。

我最常玩的ＱＭＡ（註11）位於格鬥遊戲區旁邊。

「在這裡。」

註11　「問答魔法學院」，全名為QUIZ MAGIC ACADEMY。

由於附近的聲音實在太大，我還加上手部動作向戶塚示意。戶塚點頭，抓著我的制服衣襬跟過來。嗯……想必他是因為第一次來這裡，害怕迷路才這麼做吧。一定是這樣，根本沒有什麼好奇怪的，非常自然！超級自然！

我們正要通過格鬥遊戲區時，突然發現一個人穿著相當眼熟的大衣。那個人不可一世地盤起雙手，露出手臂上的力量護腕。每當他故意發出「呵、呵、呵」的笑聲時，綁在後腦杓的小髮髻便跟著搖晃。

他跟好幾個人一起站在某位玩家的身後，不時交頭接耳發出笑聲。

「八幡，那好像是材木──」

「你認錯人了。」

戶塚用驚訝的表情問我，我趕緊打斷他的話。

雖然我看過那個人沒錯，但我不認識他。

我認識的那個人，不可能像那樣跟人談笑風生，畢竟那傢伙根本沒有朋友。

「是嗎……我還以為是材木座同學……」

「啊，戶塚，不可以說出名字！」

「嗯？好像聽到有人呼喚我……什、什什什什麼！這不是八幡嗎？」

……被發現了。

獨行俠有一種特性，就是對自己的名字非常敏感。平常不太有人叫他們的名字，因此偶爾被叫到時，反應相對地會格外誇張。這是我的親身經歷。太過驚訝的話，甚至會出現「是、是滴」這種回答。真的要說，便如聽到「下一站，市谷（註12）」時，我便會下意識地立刻回應。

「想不到會在這種地方碰面。你來這裡做什麼？這裡可是戰場，只有做好戰鬥覺悟的人才能踏進來。」

「我只是受戶塚的邀請才來。」

我不隨材木座的裝模作樣起舞，直接予以忽略，結果他露出有點難過的表情，一點都不可愛。

「那麼八幡，你來這裡有什麼事嗎？」

「沒有，來隨便玩玩。」

「什麼！等等，戶塚氏也一樣嗎？」

材木座大吃一驚，誇張地睜大雙眼看向戶塚，戶塚嚇得躲到我背後。

「是、是的……」

「喔？兩位且慢。」

材木座泛起令人不舒服的笑容，小跑步離我們而去，看來他是要跟剛才一起聊天的人道別。

不到一分鐘的時間，他便咻嚕嚕嚕地喘著大氣回到這裡。

「好，我們走吧。」

註12　日文為「ichigaya」，音近「比企谷（hikigaya）」。

「我們又沒有邀請你……」

材木座在不知不覺中決定跟我們一起行動，不理會我委婉的抗議，逕自「吁……呼……」地喘氣，不停用袖子擦汗。

「對了，剛才那個人是你的朋友嗎？」

「不，是聖靈眾（註13）。」

「我不是問你怎麼稱呼他。」

「嗯？我不是說怎麼稱呼啊，他的名字叫做『獵犬亞修』。」

「真難聽……」

「他在『鐵劍』這款遊戲中將對手徹底打趴，對方一生氣便對機台拳打腳踢，還拿菸灰缸砸人。他漂亮地接住菸灰缸，因而讓對方更不爽，結果被教訓一頓。他的名字就是這樣來的，在姆大陸算是老玩家。沒人知道他的本名，大家都是用『亞修先生』稱呼他。」

「喔，這樣啊。」

哇，這搞不好是我截至目前得到最為沒用的資訊。我完全想不到自己有什麼機會，可以把亞修先生的名稱由來拿出來炫耀。

「那麼，『聖靈眾』是什麼？」

戶塚提出一個我也想問的問題。不過若讓材木座解釋，他八成會以我們理解那

註13　此名詞中的「聖靈」，是指格鬥遊戲「聖靈之心」。

些專門用語為前提。反正我也不打算知道得太詳細，隨便聽聽就算了。

「『眾』指的是玩同一種遊戲的一群人，可以接在遊戲名或地名之後，例如『千葉眾在聖靈眾裡也特別垃圾』。」

千葉眾是垃圾喔……千葉眾，我喜歡你們！主要是喜歡千葉這個部分。

「嗯……所以算是朋友嗎？」

「不，是聖靈眾。」

「這樣就不算是朋友嗎……」

跟材木座講話還真累。明明都是日本人，卻聽不懂對方的日文，這到底是怎麼回事？話說「聖靈眾」是哪一國話？那不是從眾人的「眾」而來的名詞嗎？算了，總之那是用來指稱一個集團的名詞吧。

材木座聽到我的問題，便稍微思考一下。

「嗯，到底算不算朋友啊……我們見面會聊天，平時會傳即時訊息，也會一起遠征其他縣市……但我不知道他的本名，也不知道他做什麼工作，聊天都是聊遊戲跟動畫的內容……你覺得我跟亞修到底算不算是朋友？」

「現在是我在問問題耶，學校沒教你不要用問題回答別人的問題嗎？」

「唔，與其說是朋友，說是『格鬥遊戲的同好』似乎更適合。對我而言，這種人比朋友更值得信賴。」

「格鬥遊戲的同好……這樣還滿好理解的。」

我有點欣賞這種表達方法，可以排除「朋友」這個字的曖昧。

世上有許多名詞用功能來說明，會比直接敘述定義更容易理解。

以「結婚」這個例子來說，與其大談戀愛或愛情云云，直接說是互助關係、ATM、要面子、想繁衍後代會更容易明白。

不過，說成ATM好像也太狠了。

「沒錯吧，所以我跟八幡算是體育分組眾。」

「咦？是這樣嗎？」

這種說法未免太難聽，我不喜歡。那等同於「體育分組眾在總武高中眾裡也特別垃圾」。

不過，我很慶幸材木座表明我們不是朋友，至於體育分組眾則是不得已的。

「那麼，我跟八幡上體育課也是在同一組，所以算是體育分組眾囉？」

「咦？是、是這樣嗎？」

我跟戶塚不算是朋友……真令人震驚。

等一下等一下，如果不是朋友，代表有可能成為戀人。好，沒問題！不對，這問題可不小。

「不過，透過打電動增加認識的人，感覺很厲害呢。」

「唔？是、是嗎？」

材木座聽到戶塚的話，內心出現動搖。

「是啊，這點的確滿厲害的。原來打電動並非我想像的那麼孤獨。」

「那是錯誤的觀念。格鬥遊戲也會舉辦一種叫做『激鬥』的全國團體大賽，比賽過程相當熱血。過去還有戰士們為了病倒的遊戲夥伴，團結起來拿下冠軍的事蹟。當時整個會場陷入一片沸騰，連我這種人都忍不住流下淚水。」

「聽起來很像甲子園。」

「嗯……類似吧。」

想不到他也有屬於自己的交流圈。

「哇～～聽起來好棒。」

見到戶塚拍手稱讚，材木座便得意起來。我們這群獨行俠有個壞毛病，一旦談到自己擅長的領域，便會打開話匣子發表長篇大論。

「沒有錯！不只是格鬥遊戲，電動是一種很棒的東西。首先是一群人聚集起來製作遊戲，接著出現另一群喜歡那個遊戲的人，他們當中又產生製作下一代遊戲的人。你不覺得這種循環很美妙嗎？總有一天，我也會成為製作遊戲的那些人。」

「喔？材木座同學的目標是製作遊戲嗎？好厲害！」

「嗯，沒錯，唔哈哈哈哈哈！」

咦？奇怪？

「那你原本成為輕小說作家的目標呢？」

「喔，那個啊，我放棄了。」

竟然毫不遲疑地這樣回答。

「為什麼突然……」

「唔，畢竟輕小說作家屬於自由業，得不到任何保障，也不見得能長期持續下去。最重要的是，要是我不寫出東西便賺不到錢。這一點真的很麻煩。如果是在遊戲公司工作，只要能夠進去便可以領薪水。」

「你真是個徹頭徹尾的人渣……」

「啥？這種話輪不到你來說！」

沒錯，那跟不想工作的家庭主夫是半斤八兩。

「不過，你會做遊戲嗎？」

「所以我要成為遊戲的劇本家，這樣便能充分發揮自己的創意跟文筆。我可以過著不愁吃穿的日子，然後用公司的錢做自己喜歡的東西！」

「這、這樣啊……請好好加油……」

我頓時覺得，一切怎麼樣都無所謂了。儘管只有短短一瞬間，但我竟然認真思考過這傢伙的未來，真是個大白痴。

「話說回來，八幡，既然你們來這裡遊玩，就由我當東道主提供導覽吧。你們想玩什麼？」

看來這裡算是材木座的地盤，他突然變得很有精神。不過，雖然他說要提供導覽，但我們只要張望附近一圈，大概便能知道哪裡有什麼東西，所以他完全是多管閒事。

「啊，我想試試看拍貼機。」

戶塚同樣張望著四周，然後指向左後方大老遠處的拍貼區。

「八幡，你要拍大頭貼嗎？」

「為什麼……那裡不是寫得很清楚，專門給女生跟情侶玩嗎？」

據說拍貼區一向不歡迎男生進入，只接受女生或情侶入場。這種歧視政策根本是現代版的種族隔離，聯合國應該盡速出面處理。

現在我們是三個男生，不符合任何一項條件。

「是、是沒有錯……不過，偷偷地進去不行嗎？」

「呃，也不是不行……」

唉，被戶塚這樣拜託，我還真的很難說不。

「哇哈哈哈！八幡，不用擔心。我不是說這裡由我作東嗎？只要有我出馬，便能通通搞定。」

「咦？真的可以嗎？你真行耶！果然是這裡的熟客，感覺超可靠的。」

看來他在這間遊樂場不是混假的。能夠讓店員產生印象，不覺得很厲害嗎？真不愧是材木座！

「包在我身上，跟我走！」

在材木座的帶領下，我們往拍貼區前進。他走起路來威儀堂堂，完全不會讓人感到一絲不安。那即是所謂的王者風範，真不愧是材木座！

於是，我們來到拍貼區前面的櫃檯。

「客人，你們要做什麼？一群男生進去不太好喔。」

「唔！啊，呃……抱、抱歉……」

十之八九如我所料，他被態度輕浮的店員悍然擋在外面。真不愧是材木座！

「果然……」

「……啊哈哈，沒辦法呢。」

一切的發展都在預料範圍內，所以沒什麼好驚訝的。

我跟戶塚對望一眼，然而，下一秒突然出現奇蹟。

「哎呀，抱歉，妨礙你們了。來，請進～」

店員大哥維持輕浮的口氣，用力把材木座趕到外頭，然後讓出道路放我們進去。材木座被送出去時毫無抵抗，如同一隻被拎住脖子的貓。

「為、為什麼？」

戶塚眨著大大的眼睛感到不解，我想原因肯定在於他的外貌。

「……不知道。反正他都讓我們進來了，走吧。」

「嗯，好……」

他帶著困惑的表情跟上來。

這裡的拍貼機五花八門。老實說，每一台都閃閃發亮，宛如經過濃妝豔抹，飄散出「美」啊、「華」啊、「蝶」啊、「麗」啊之類的意象，像極了新宿的歌舞伎町。而且，一堆貌似模特兒拍的大頭貼印在簾子和機身上，可能是要當成示範用的。不過大家全部長得一模一樣，太可怕了。

為什麼這些女生都長同一個樣子，只能用髮型跟衣服當作區別的標準，該不會是真人模子吧？

「天啊……一堆蕩婦……」

跟這些人相比，不僅是由比濱，連三浦那傢伙都顯得清純。這裡是「你所不知道的世界」（註14）嗎？太可怕了。

「嗯～～這個好了。八幡，你覺得如何？」

「……喔，好啊。」

說實話，其實挑哪個機器都無所謂。

戶塚鑽進拍貼機後，認真閱讀操作說明。

「嗯……選擇背景……然後，好像要站到這裡。」

他拉著我的手後退幾步。

「咦？什麼？開始了嗎？現在要做什——哇！好刺眼！」

閃光燈毫無預警地亮一下。搞什麼？太陽拳不是天津飯才會的招式嗎？難道孫悟空跟拍貼機也會？

註14　日本的靈異節目。

『再來一張～～』

不搭調的合成語音之後，又是一連串的閃光燈亮起。天津飯，招式借我一用！

『完～成～接著到外面畫些塗鴉吧！』

「塗鴉啊……要畫什麼好呢？」

我們掀開布幕，來到供人塗鴉的地方。畫面上出現倒數計時，提醒還剩下多少時間可用。

「先看看照片。哇！這是什麼？靈異照片？」

戶塚一打開畫面，立刻嚇得抓住我的手。哎呀，嚇我一跳。

我努力克制劇烈的心跳，仔細觀察戶塚口中的靈異照片。裡面的確有半張男人的臉，散發出哀怨的氣息。

這不是材木座嗎？

我掀開布簾檢查一下，看到那傢伙蹲在下面。

「啊，什麼嘛，原來是材木座同學……太好了～」

「你在搞什麼東西……」

「哼，我刻意匍匐進來，以免被店員發現。看到你跟戶塚氏相處得那麼融洽，我就萌生自己也入鏡、破壞你們照片的念頭。怎麼樣？因為我從中作梗，你美好的回憶變成遺憾的回憶啦！」

「你自己說出這種話，不覺得很可悲嗎？」

「呵，在畢業旅行後大家購買照片時，我便嘗過這種程度的悲哀。那些女生光是看到我同樣在照片裡就哭出來呢。」

哇~原來這傢伙也有這麼大的地雷……

「嗯，那個……該怎麼說呢……抱歉，材木座。」

「沒什麼，不用在意。」

儘管他嘴巴說「不用在意」，還是偷偷拭去眼角的淚水。他本身並沒有錯，錯的是販售照片這件事。

「販售照片這件事充滿不好的回憶，應該趕快廢除才對。而且，被其他同學發現自己偷偷買了喜歡的女生照片時，還會被他們討厭。」

「……沒、沒錯，連我都不敢恭維！」

「八、八幡……從現在開始，我們一起創造許多回憶吧！我會努力抽出時間跟你在一起的。」

戶塚拚命安慰我。有、有那麼奇怪嗎？對國中生來說，應該很平常才是吧……

不知不覺間，塗鴉時間已經結束，我們的大頭貼也印出來。

「皮膚好白……」

「修得真誇張……」

「嗯，閃閃發亮的八幡也很嚇人……全身都散發出光芒，眼神卻那麼混濁……」

沒辦法，被閃光燈照那麼多次，想要不曝光過度也難，連臉被切掉一半的材木座都出現美白效果。至於戶塚，他甚至展現出連旁邊那些模特兒都黯然失色的美少女姿態。

「來，這是八幡的份。」

戶塚俐落地把大頭貼切成三份，把其中一份拿給我。

「然後這一份給材木座同學。」

「喔？喔喔？我也可以拿嗎？」

「咦？可以啊。」

戶塚露出比大頭貼上更燦爛的笑容。材木座看了，不禁眼泛淚光。

「唔，那、那我就收下。」

材木座小心地接過大頭貼，滿心歡喜地看著照片。

我也看向自己手中的大頭貼。

裡面只有三張照片畫上塗鴉，看來是在時間結束前勉強畫上的。

其中一張是戶塚圓圓的筆跡寫著「體育分組眾」。他似乎很喜歡這個字眼……

另一張寫著「好朋友」。

「嗯，雖然我跟八幡算不上是好朋友……」

「是啊，的確不是好朋友。」

「是嗎？我倒覺得你們很要好啊。」

戶塚不解地歪著頭。

なかよし！

「沒這回事。真要說的話，我屬於《Ribon》派。」（註15）
「沒錯，《玩偶遊戲》真的很棒……」
「對啊，原作的結局打中我的心。」
「什麼？動畫才更出色吧。」
我跟材木座相互咂舌一聲，誰也不讓誰。
「啥？」
「喔？喔？」
兩人瞪著彼此，進入備戰狀態。
這時，一旁的戶塚發出笑聲。
「你們的感情真的很好呢。」
「啊？哪裡好……」
「哼，也罷！」
「算了，看在戶塚超可愛的笑容份上，我姑且原諒你。我星期一會把原作借給你，看完後記得寫一篇檢討報告。」
「哼，我也會把DVD拿給你，你也要好好寫一份報告。」
材木座又發出「哼」的一聲別開臉，把大頭貼收進自己的錢包。
「真是的，結果只畫了兩張。要不是八幡在那裡吵吵鬧鬧，便能把塗鴉全部畫

註15　講談社發行的《好朋友》和集英社發行的《Ribon》，是日本兩大少女漫畫雜誌。

完。為了賠罪，你下個月的體育課一定要選排球啊！否則我會沒有伴。」

「我也不想跑步，本來就打算選排球……咦？兩張？」

不只兩張吧？我正要檢查自己拿到的大頭貼時，戶塚拉了拉我的袖口。

我轉過頭，看見他把手指放在嘴脣上，示意我不要多說話。

我偷偷打開手掌，發現最後一張有塗鴉的大頭貼上，寫著「八幡　彩加」，實在有點難為情。

不行，我現在的臉絕對漲得通紅，糟糕！

「啊，已經這麼晚了，差不多該……」

「喔，你要去上課了嗎？」

對喔，戶塚是趁上課前的空檔來這裡打發時間，結果完全沒有讓他排遣鬱悶，感覺有點過意不去。

「那我先走囉，反正八幡好像恢復精神了。」

「咦？」

「因為你最近好像沒什麼精神，我想你應該出來轉換一下心情。」

「戶塚……」

這麼說來，今天早上小町好像也說過類似的話。

不過老妹向來很奇怪，所以我當時沒特別在意她說的話；但是換成戶塚這個正常人這樣說，我不得不在意。

「雖然我不清楚發生什麼事……但我希望八幡可以維持原來的樣子。」

戶塚看看手機上的時間，說聲「下次再一起玩吧」便快步跑出去。直到消失在視線範圍前，他始終回頭對我大大地揮手，我也高舉手臂作為回應。

「嗯，戶塚氏真溫柔，雖然他根本不需要對你好。」

「啊？什麼？你怎麼還在？我可不想被你這種人說教。」

「呼，戶塚氏不愧是我的朋友，幹得好！」

「……你以為自己算得上是他的朋友？」

「咦？難、難道不算嗎……」

「我哪知道，你不要這麼簡單就大受動搖啦！」

最近這傢伙的角色分裂得真嚴重，這樣沒問題嗎？

「啊，喂，你們在做什麼～怎麼可以進去裡面？」

這時，我們聽到輕浮店員呆頭呆腦的聲音傳來。

「唔，不妙，我要先去避風頭。再會吧～」

「那不就是沙拉吃到飽嗎（註16）……」

一段沒什麼智商的對話後，我們趕緊逃離拍貼區。

我在視線一角瞥見材木座被店員團團圍住。

戶塚說的沒錯，為了什麼事情傷神煩惱，並非比企谷八幡的作風。

註16　上一句「再會吧」的原文「さらだばー（saradaba）」，音近「沙拉吧」。

我的行事風格是「遇到煩惱便放棄」，所以當作什麼都沒發生即可。

只有在遇到事情時才改變態度，是不老實的行為。這樣是不行的。

跨上腳踏車前，我把大頭貼輕輕放進錢包。回去加個框把它裱褙起來吧。

不知道哥哥的高中生活過得順不順利？
小町稍微打聽看看……

哥哥，
學校生活快樂嗎？

嗯～～這跟媽媽問「……學校生活快不快樂」不一樣，所以哥哥可以放心。
剛剛是小町問的方式不對。
沒有啦，小町是在想說，社團裡有雪乃姐姐跟結衣姐姐，應該還滿快樂的。不知道哥哥跟雪乃姐姐都聊些什麼？感覺怎麼樣？相處得好不好？

喔，小町大概瞭解了。
那麼，哥哥覺得雪乃姐姐怎麼樣？

嗯、嗯？
可是小町很少使用電腦……

啊～～沒錯沒錯，真的很遠。

然後總武線區間車又不到東京～～
……原本的話題是什麼？

啥？突然問這個做什麼……啊！當、當然快樂！我、我可完全沒有被欺負喔！

關於 雪之下雪乃

我、我可完全沒有被欺負喔！

我想想……要比喻的話，大概像是很有設計感、功能又很強的高階電腦，但是沒有配備滑鼠跟鍵盤。

很難理解嗎？簡單說來，京葉線快速車雖然能很快到達東京，但是跟東京站的其他月台相距很遠。大概就像這種感覺。

總武線快車的月台也是距離很遠呢，而且樓梯多得要命，又不是地下鐵。

3 雪之下雪乃果然很喜歡貓

一整個星期中，最棒的一天是星期六，它強大的優勢不可撼動。星期六本身已經是假日，隔天還可以繼續放假，感覺像是超級賽亞人大放送。

我實在太深愛星期六，希望以後可以過著天天都是星期六的生活。星期天會陷入「明天又要工作啦……」的收假憂鬱中，所以不能換成星期天。

早上起來後，我頂著尚未清醒的腦袋瀏覽早報。嗯，今天的《淘氣阿寶》（註17）一樣很出色，其實我也只看《淘氣阿寶》。

看完報紙——應該說看完《淘氣阿寶》後，接著要看廣告單上的優惠。

如果發現什麼超值商品，我便用紅筆畫圈，再交給小町。小町會把它記錄在購物備忘錄，再由她或母親出去採購。

這時，我注意到廣告單上特別顯眼的宣傳文字。不，那不僅是文字（font），根

註17 植田正志的四格漫畫，從一九八二年開始，在報紙上連載至今。

本可以算是光子（photon）。不是用在人名中的「光子」（註18），是那個「光子」。

「小町，妳快看！今年的東京貓狗展又來了！」

我忍不住把廣告單高高舉起，像是某部以獅子為主角的動畫之名場面。我有種大吼一聲的衝動，嗚啦啦啦啦──等一下，那是傑羅尼莫（註19）吧？

「真的假的？太好了！哥哥找到好東西呢！」

「哈哈哈！再多稱讚我一些！」

「呀啊～～哥哥好棒！哥哥最厲害～～」

「……吵死了，你們這對笨蛋兄妹安靜一點。」

母親像泥雕似地爬出房間，對我們發出詛咒。她披頭散髮，眼鏡從臉上滑落，鏡片後方冒出兩個濃厚的黑眼圈。

「對不起……」

我道歉後，母親發出「嗯」的聲音輕輕點頭，又走回自己的房間，看來她還打算睡上好一陣子……職業婦女真辛苦，將來我一定會好好體恤負責養我的妻子。這就是小白臉中的小白臉。

母親的手碰觸到房門時，轉過來看向我們。

「你們可以出去玩，不過要小心車子。天氣這麼悶熱，開車的人火氣也很大，很

註18　當作名字時，羅馬拼音為「mitsuko」。
註19　漫畫《金肉人》中的角色。

容易發生意外。還有，不可以跟小町共騎一輛腳踏車。」

「知道啦，不可以讓小町遇到危險對不對？」

父母親對小町灌注極深的愛情。因為她是女兒，而且經常做家事，什麼事情都能做得很好，又長得那麼可愛。小町簡直是他們的寶貝。

相較之下，長子似乎沒受到同等待遇。此刻母親看著我的臉，發出深深的嘆息。

「唉……笨蛋，我是在擔心你。」

「……咦？」

我突然覺得眼眶發熱，原來我也能像這樣得到母親的關心嗎……她早上從來不叫我起床，便當錢只給區區五百圓，偶爾還會在附近買些品味很詭異的衣服給我，我以為自己一定不受她的寵愛。話說回來，那些衣服的品味為什麼會那麼慘烈？根本已經到達討人厭的地步。

不過，親情果然還是很偉大。我在感動之餘，眼中泛起淚水。

「媽媽……」

「我真的很擔心你。要是讓小町受傷，你會被爸爸宰了喔。」

「老、老爸啊……」

這時，我又感到一陣不爽。

說到老爸，他現在肯定還賴在床上。

說真的，我老爸實在不是個好東西。我可以理解他太過溺愛小町，因而對我抱持半敵視的態度。然而，不僅如此，他還老是要我注意一些有的沒的事，例如小心仙人跳、女生來搭訕時都是要強迫你買畫、十之八九的期貨都是詐欺、工作就輸了等等，而且那幾乎都是他的經驗談，更讓人無法不在意。這點真的很惡劣。

等一下出去時，我就「碰」一聲用力把門關上，打擾他的好夢。

「不用擔心，我們會坐公車～～啊，所以請給我們車錢！」

小町咚咚咚地跑到母親跟前。

「好好好，來回總共是多少錢？」

「嗯……」

她開始扳著手指計算。喂，單程一百五十圓，來回三百圓啦，這哪裡需要用到手指計算？

「三百圓啦。」

我不等小町算完便先回答，於是母親說聲「好」，從錢包裡拿出零錢。

「來，三百圓給妳。」

「謝謝！」

「媽媽，我也要去，所以……」

我的語氣變得很含蓄，有如《海螺小姐》裡對丈母娘說話的鱒男先生。

「對喔，我都忘了你也需要。」

母親像是這時才想到似的，再度取出錢包。

「啊，我們要在外面吃飯，所以還要午餐錢～～」

「咦？真拿妳沒辦法……」

她順應小町連帶提出的要求，直接拿出兩張大鈔。

喔喔！小町真厲害！不過媽媽，我平常的飯錢只有五百圓，為什麼小町一拜託，立刻提高到一千圓？

「謝謝！那麼哥哥，我們走吧！」

「好。」

「再見，路上小心。」

母親慵懶地送我們出門後，馬上回去自己的房間。媽媽，祝妳有個好夢。

離開前，我使出全身力氣，「碰」一聲狠狠甩上大門。

讓你享受一下這個噪音！早啊，老爸！

×　×　×

從住家附近坐公車到作為「東京貓狗展」會場的幕張展覽館，約需十五分鐘。

一定得特別留意這一點：雖然說是「東京」貓狗展，但展場其實在千葉，否則很有可能會跑到東京國際展覽館。

會場內已經出現一些人潮，其中還有人帶寵物一起來參觀。

現場還算滿熱鬧的，所以我跟妹妹自動牽起手。這不是兩人的親密約會，單純因為我們小時候經常一起出去玩，因而留下這個習慣。

小町一面哼歌，一面大大甩動我的手，我感覺自己的手快要脫臼了。

不知是不是服裝的關係，今天的小町顯得格外有精神。

她的上半身穿著條紋背心，搭配露肩的粉紅色薄針織衫，下半身是略顯低腰、長度不及膝蓋的短裙，再加上天真爛漫的極品笑容，不論走到哪裡，都是我引以為傲的妹妹。不過，我才不會放手讓她離開。

這場東京貓狗展，簡單來說即為貓跟狗的現場展售會，但同時會展出一些稀奇的動物，所以還滿有趣的。而且，這場展覽不需要門票。真可怕，千葉果然才是最強的。

我們一進入展場，小町立刻興奮地指著一個方向。

「哇～～哥哥，是企鵝！好多企鵝在走路！好可愛～～」

「是啊。說到企鵝，聽說這個字的拉丁文語源是肥胖的意思。這樣一想，就覺得很像一群有代謝症候群的上班族在外奔波。」

「哇……突然覺得不可愛了……」

小町失望地垂下手臂，用憤恨的表情看我。

「多虧哥哥的無用知識，以後小町看到企鵝，都會想到肥胖兩個字啦……」

對於她的抱怨，我也感到很無奈。那句話應該去跟最初幫企鵝命名的人說吧。

「哥哥，約會的時候絕對不可以說這種話喔。當女孩子說『好可愛』的時候，一定要回答『對啊，不過我的女朋友更可愛』。」

「……真蠢。」

即使是住在南極的企鵝聽到這種讓人背脊發寒的對話，八成也會感冒。

「沒關係，反正小町也不是真的覺得企鵝很可愛，只是想用這句話突顯自己的可愛。」

「妳這種想法真不可愛……」

這裡可是充滿貓啊、狗啊、企鵝啊之類的溫馨空間，說這種話不太對吧？

「誰叫哥哥剛才多嘴！好啦，我們趕快進去逛逛。」

小町說完，拉著我的手衝出去。

「喂，不要突然奔跑，會跌倒的。」

看來這附近是鳥類區，鸚哥、鸚鵡等等鳥類組成的豔麗彩色世界，在我們面前展開。黃色、紅色、綠色……各種鳥類毫不吝嗇地綻放色彩，強烈刺激視覺感官。牠們張開翅膀時飄起的羽毛，在燈光照射下散發光輝。

不過，在這片鮮豔色彩的洪流中，發出最醒目光芒的是一頭黑髮。

那個人單手拿著導覽手冊東張西望，綁成兩束的頭髮隨之擺動。

「那個人是……雪乃姐姐？」

小町也注意到了。

正確說來，能像她那樣醒目的人也沒有幾個，自然容易受到大家注目。

她簡單披著淡黃色的開襟背心，長度大約到大腿；裡面是一件輕巧樸素的連身裙，胸部下方繫著一條緞帶，給人一種比平常柔和的感覺。每走一步，沒有皮帶的高跟涼鞋便發出清脆沁涼的聲響。

然而，她本人似乎毫不在意周圍的視線，面無表情地尋找著什麼，如同平常在社辦裡的樣子。

她確認展區的編號後，低頭看向導覽手冊，接著又環顧四周，然後再看一次導覽手冊，最後放棄似地稍微嘆一口氣。

什麼啊，原來她迷路了。

雪之下啪一聲闔上手冊，下定決心走了出去——前往牆壁的方向。

「喂，那裡是牆壁喔！」

我再也看不下去，忍不住出聲提醒。雪之下立刻瞪過來，戒備心態表露無遺。好恐怖！

不過，當她發現說話的人是我後，換成有點驚訝的表情往這裡走來。

「哎呀，這裡有個很稀奇的動物呢。」

「不要一見面就用 **Homo sapiens sapiens**（註20）的方式稱呼我好不好？妳是在否定我這個人類嗎？」

註20　人類在生物學上的學名。

「我並沒有說錯吧？」

「講求正確也該有個限度……」

我打從第一聲就被當成靈長類的人科動物對待。以生物學的角度來說，正確性固然最為重要，但在雙方打招呼時，卻變成最差勁的說法。

「妳為什麼要往牆壁走？」

「……我迷路了。」

雪之下露出「真是大意」的表情回答，痛苦得彷彿隨時要切腹自盡。她怨恨的眼神再度落向手中的導覽手冊。

「這裡並沒有大到會迷路吧……」

她是不是路痴啊……不過，即使手上拿著地圖，一樣會有迷路的時候，尤其是在類似區塊綿延不斷的地方，地圖根本派不上用場，例如 Comike 會場或新宿車站的地下。另外，如果來到梅田車站卻沒有準備定位用的方格紙，也很有可能被困在裡頭。

「妳好，雪乃姐姐！」

「哎呀，妳好。小町也一起來啦？」

「不過，真想不到妳會來這裡。是來看什麼的嗎？」

「……嗯，是啊，有很多東西要看。」

大概是貓吧……她還在手冊上的貓咪展區畫一個超大的紅色圓圈……

雪之下察覺到我的視線，若無其事地默默摺起導覽手冊。

「比、比奇……咳咳，比企谷同學又是來做什麼的？」

她努力維持鎮定，但還是咬到舌頭。我努力忍住大肆嘲笑她一番的衝動，裝作沒看到她剛才的模樣。沒辦法，如果我真的說出口，會被她以五倍的力量還擊。

「我跟妹妹每年都會來。」

「我們家的貓就是在這裡買的。」

如同小町所言，這裡是我們初次遇到小雪的地方。雖然牠很目中無人，不過有相當純正的血統證明。那時，小町說想要買回去養，於是當場定案。當時老爸被叫到這裡，單純只是為了付錢，感覺還滿可憐的。

雪之下來回打量著我跟小町，嘴角浮現透明的笑容。又來了，她過去也出現過這種表情。

「……你們的感情還是一樣好呢。」

「還好啦，這已經成為我們每年的例行公事。」

「這樣啊……那麼，再見。」

「嗯，再見。」

我們不想談得太深入，於是就此道別。

「等等，請等一下！雪乃姐姐，既然機會難得，要不要跟小町一起參觀？」

雪之下正要離去時，小町拉住她的衣襬。

「反正一直跟著哥哥，只會聽到殺風景的話，還是跟雪乃姐姐在一起比較快樂。」

「是、是嗎？」

雪之下見小町將身體湊過來，不斷拉著她的衣服，不禁後退半步這麼問道。小町立刻點頭如搗蒜。

「沒有錯沒有錯！拜託拜託！」

「不會有所妨礙嗎……我是指比企谷同學。」

我很理所當然地被排除在外。

「笨蛋，那是什麼問題？我跟人集體行動時，幾乎都不說話，所以完全不會礙到妳們。」

「以另一種角度來說，你融入得還滿好的……就某方面來說，那種才能真不簡單……」

雪之下的表情不知是驚訝還是呆愣。不過事實上，如果團體內有一個悶不吭聲的傢伙，大家還是會很在意。

「……我明白了，那就一起參觀吧。你們想看什麼動物？如果沒有的話……」

「嗯……難得有這樣的展覽，看些平常看不到的動物如何？」

小町靈光一閃，拍一下手說道。

「……我完全看不出來妳到底識不識相。」

「嗯？什麼意思？」

小町不解地歪著頭反問。

「……好啊。唉……」

雪之下死心地嘆一口氣。嗯，該怎麼說呢……我代替妹妹向妳道歉。

雖說是珍禽異獸，但這裡的展場空間畢竟有限，不可能出現太大型的動物。如果照這樣思考，鳥類區便顯得相當完整，不僅展出動物的稀有度高，而且不占空間。

我們離開色彩鮮豔的南國攤位，進入超級帥氣的另一個區域。

用護欄慎重其事地區隔開來的另一邊，是雄糾糾、氣昂昂的鳥類，有著尖銳的鳥喙、銳利的雙爪，以及剛韌的羽毛。

「小，小町，妳看！是鷲！老鷹！還有隼！真帥，好想養一隻！」

太帥了……我不禁停下腳步，把身體倚到護欄上。凡是得過中二病的人，無一不被牠們的莊嚴感震懾住。想必美軍一定超中二的。

可惜小町不理解牠們的帥氣，對我提出質疑。

「哪有？一點都不可愛，感覺好中二……」

「喂，笨蛋，妳在說什麼？不覺得牠們轉頭的樣子很可愛嗎？」

我為了說服她，特地把頭轉向她說道，卻發現她已經往前走。真過分。

「的確不可愛……不過，我覺得那威猛的姿態很美麗。」

想不到雪之下會代替無情的妹妹回答我。她的雙手放在護欄上，站在我旁邊凝視那些猛禽，看來並沒有說謊。

「喔喔！妳能瞭解牠們的帥氣嗎？覺不覺得潛藏在體內的中二魂開始騷動？」
「……我不瞭解。」
唔，女人無法明白嗎……哎呀，危險，我一不小心變得跟材木座一樣。
『中二病也者　一輩子不得根治　心之疾病也』
此乃八幡出自內心的創作。順帶一提，其中的季語是「中二病」。中二病是青澀春天的季語（註21）。

× × ×

鳥類區過後，是小動物區。
這裡聚集了倉鼠、兔子、雪貂等寵物，怎麼看都是針對小町特別設計的地方。她在親手體驗區又是「哇～～」又是「啊～～」的，完全不肯移動半步。
另一方面，雪之下也對那些小動物搔搔弄弄，不過她每摸一隻便歪一下頭，似乎都跟自己理想中的觸感不合，想不到她還滿堅持的。
至於我呢……一接近那些小動物，牠們就倉皇逃走，想不到我連在這裡都被討厭。
「小町，我們走吧……」

註21　表現季節之「季語」為俳句中不可缺少的部分。

「哇～～好可愛～～～好想踩上去～～嗯？喔，哥哥先走沒關係，小町還要再多玩一下。」

「喔……」

這傢伙覺得可愛的理由一點都不可愛。真的沒問題嗎？

我得到小町的許可後，決定自己先繼續參觀。

印象中接下去的兩區分別展示狗跟貓。

「那麼，雪之下，再往後兩區就是貓的展區，拜託妳幫忙看好小町。」

「我是無所謂，不過小町的年紀已經不小，你不覺得自己太過保護她嗎？」

「不是，我是要妳看好她別踩那些動物。」

「小町不會踩啦～啊，雪乃姐姐也可以先去看貓。」

「喔？這樣嗎？那麼，既然機會難得……」

雪之下還沒說完便站起身。妳到底是多想看貓？

「我們走吧。」

她乾脆地丟下我，義無反顧地前進，如同深入無人的荒野。

然而，當她看見寫著「狗」的展示牌時，立刻嚇一跳。

「怎麼？」

「沒有……」

雪之下放慢腳步，繞到我的背後讓我先走。糟糕！後面被偷襲了！我會死掉——雖然我一瞬間這麼擔心，不過沒有遭到任何攻擊。

我懂了，是狗的關係。印象中她很怕狗。

「這裡展示的都是小狗啦。」

既然這是一場寵物展售會，自然也有現實的一面，尤其是貓跟狗這些大家熟知的動物，更會挑選年幼、體型小的品種展售。這樣講固然滿悲哀的，但做生意就是如此。

不知道我的那句話發揮多少功效，雪之下別開視線說：

「小狗的話比較……我、我先聲明，我可不是害怕狗喔！應該說……拿牠們沒轍吧。」

「大家通常會直接說『害怕』。」

「這兩者還是有誤差。」

是嗎……算了，既然雪之下說有誤差，那就算是有誤差。

「比企谷同學……比較喜歡狗嗎？」

「沒有特別喜歡哪一種。我的原則是不隸屬於任何一邊。」

真正的強者不會跟人聚在一起。孤獨一人代表的是不論經過多久，都要與整個世界為敵。一想到我跟世界對立，便覺得自己簡直是史蒂芬・席格。擁有史蒂芬・席格的想法，我果然是他的化身。

然而，雪之下完全沒有贊同的意思。

「應該是他們不接受你加入吧。你是不是搞錯什麼？」

「大致上都吻合。好啦，那個不重要，我們走。」

雪之下的話的確大致符合現實，所以我也不打算反駁。跟她爭吵只會惹火上身，我決定速速結束這個話題往前走。

我踏出腳步後，雪之下在後面喃喃開口：

「我還以為你一定比較喜歡狗……」

「啊？為什麼？」

「……因為你當時那麼拚命。」

我回頭想問清楚，但她的回答讓我摸不著頭緒。

雪之下看過我為了什麼事情拚命嗎？如果真要說的話，只有一個可能。

為了戶塚的網球比賽——她應該是指那件事。

當時我為了戶塚，的確是很拚命沒錯。沒辦法，誰教他那麼可愛，我還記得戶塚顫抖身體的模樣很像吉娃娃，所以這樣算是喜歡狗吧。

正確說來，我比較喜歡的是戶塚。這樣是不是喜歡過頭呢？

真頭痛啊……我搔一搔頭，這時感覺到雪之下在推我的肩膀。

「可不可以趕快往前走？」

「啊，喔。」

在她的催促下，我穿過寫著「汪汪區」的簡陋大門。

這個角落到處堆放著大量籠子，規模有如兩、三間寵物店聚集在一起。

參觀人潮特別多，小狗果然很受歡迎。

吉娃娃、迷你臘腸、豆柴、柯基……除了這些受歡迎的小型犬，還有拉不拉多、黃金獵犬、米格魯、鬥牛犬等大家熟知的品種。

這裡展示的狗，皆為由飼育家培育的優良品種，個個都來頭不小，像是得過比賽冠軍、獲得大會提名、在世界食品品質評鑑大會中獲獎、優良設計……全都一目瞭然。

進入小狗展區後，雪之下不再開口說話，安靜到我懷疑她是不是停止呼吸。

當四周都很熱鬧，唯有一人保持沉默時，便會格外引人注意。不，應該說周圍實在太吵了，尤其是那個不斷按相機快門還叫個不停的女人。

……等等，那好像是平塚老師，姑且假裝沒有看到吧。老師，難得的假日，拜託妳出去約會好不好……

反正穿過這裡即是貓咪展區。我正打算加快腳步時，雪之下輕輕發出一聲「啊」。

我們發現一個名為「修剪區（trimming）」的角落。

「嗯？他們會幫忙加工照片嗎？」

「不對，他們是幫忙狗理毛、讓牠們恢復光澤，廣義一點也可以說是美容（grooming）。」

美容……《賤馬也瘋狂（GROOMING UP）》（註22）嗎？超級名作。

我想到渡會牧場的四姐妹，雪之下無奈地繼續解釋。

「總之就是寵物的美容院。」

「咦？還有那種地方啊？真奢侈，五代將軍（註23）也在那裡不成嗎？」

「那裡不只幫忙美容，還開設禮儀訓練班。你要不要也上一下？」

我自然而然地被當成狗看待。反正我已經習慣了，無所謂。

正當我們閒扯時，剛好有一隻長毛迷你臘腸狗美容完畢，打著哈欠到處閒晃。

喂，牠的主人跑去哪裡？

「酥餅，等一下！啊，項圈壞掉了！」

處於自由狀態的迷你臘腸狗聽到主人的聲音，回頭看一下後，直截了當地忽視。

牠像脫兔一般往出口——亦即我們所在的方向跑過來。明明是一隻狗……

「比、比企谷同學，那隻狗……」

雪之下驚慌得不知該如何是好。她的眼睛東張西望，雙手也忙亂地擺動。

……真難得看到她出現這種反應，我覺得有點愉快，所以大可放任那隻狗不

註22　以養育賽馬為主題的日本漫畫，作者為ゆうきまさみ。渡會牧場是漫畫中的主要場景之一，也是女主角家。

註23　指德川綱吉，曾頒布「生類憐憫令」。這條法令最初是為了遏止戰國時代濫殺狗的惡習，但後來綱吉甚至下令建造養狗的房子、請人保護狗及請人替狗看病，引發民怨。

管，不過造成騷動的話也很麻煩。

「嘿。」

我一把抓住那隻狗的頸部。家裡那隻討厭我的貓時常到處亂跑，為了強行逮住牠，我才練就這個本領。在追捕這類動物上，我可是很在行的。

臘腸狗露出可憐的眼神，不過一抬起頭看到我，便到處嗅聞著，接著興奮地舔我的手指，讓我嚇一跳，不禁鬆開抓住小狗的手。

「哇，溼答答的……」

「啊，笨蛋！你一放手，牠又會……」

雪之下焦急地說道。不過這隻狗沒有跑走，而是挨在我腳邊，慢慢地翻過身露出腹部，還不停「呼、呼、呼」地伸出舌頭。

這隻狗……是不是太親近我？

「咦？這隻狗……」

雪之下躲在我的背後，偷偷觀察這隻臘腸狗。牠又不是什麼可怕的動物。

「酥餅～～不好意思！我家的酥餅給您帶來麻煩～～」

這時，臘腸狗的主人跑過來將牠抱起，用力彎腰向我道歉，對方頭上綁的丸子跟著晃動。

「哎呀，是由比濱同學。」

「咦？」狗主人聽到雪之下的聲音，驚訝地抬起頭。從她的髮型、聲音跟態度看來，百分之百是由比濱結衣沒錯。

「小、小雪乃？」

接著，她宛如機器人似地看向一旁的我。

「咦？嗯？自閉男？還有小雪乃？」

由比濱陷入混亂，來回看著我們兩人，頻頻發出「咦、咦」的聲音。

「嗨。」

「啊，嗯……」

我跟她之間出現一陣詭異的沉默。天啊，尷尬極了……

在這陣詭異的氣氛中，由比濱抱的小狗「汪」地叫一聲。

雪之下嚇一跳。儘管她沒有躲回我的背後，依然略微靠過來。想必她打算在遇到危險時，隨時用我當盾牌。

「啊……那、那個……」

由比濱輕撫小狗的頭，視線同時在我跟雪之下的中間游移，大概是要藉此探測我們的距離。

「真巧，在這裡見到妳。」

雪之下一開口，由比濱的身體立刻抖一下。

「是、是啊。小雪乃……怎麼會跟自閉男在一起？總覺得……你們一起出現，還滿稀奇的……」

大概是好幾天沒見面的關係，由比濱對雪之下的態度也有點生疏。她的眼睛沒有直視對方，只是把小狗緊緊抱在胸前。

我們之所以在一起，只是偶然間剛好遇到而已，所以不需要任何理由。我跟雪之下對望一眼，幾乎在同一時間開口回答：

「也沒有為什麼──」

這時，由比濱出聲打斷我們。

「啊，不用了、不用了！沒關係，什麼事都沒有……兩個人在放假時一起出來玩，當然是那種事情嘛……對喔，我怎麼都沒發現呢？照理來說，我應該很會看場合才對……」

由比濱努力瞇起眼睛，勉強擠出笑容，發出「啊哈哈」的乾笑。

她是不是有什麼奇怪的誤會，以為我在跟雪之下交往吧？不不，只要稍微動動腦筋，便知道根本不可能有那種事。可是，「其實我們沒有在交往」這種話也很難啟齒，簡直是自我意識過剩，有違我的美學。

這一切都是誤會，絕不是真的。既然如此，只要我自己心知肚明即可，其他人怎麼想都無所謂……更何況，越想解開誤會時，誤會往往只會變得更深，所以我早已放棄。

「嗚～」由比濱懷中的小狗抬頭看向主人，發出寂寞的叫聲。「沒事……」由比濱輕輕撫摸牠的頭，小聲對牠說道。

「那、那麼，我先走了……」

「由比濱同學。」

由比濱低頭盯著自己的腳，打算離開現場時，被雪之下出聲叫住。

她的聲音在一片嘈雜中顯得非常清楚，彷彿所有聲音都退到兩旁，只讓它傳入我們的耳朵。由比濱原本低垂的視線，也自然移到雪之下身上。

「我想談一下我們的事情，所以妳星期一可以來社辦嗎？」

「……啊、啊哈哈……我可能不太想聽……事到如今，再聽那些話也無濟於事，沒有辦法做什麼……」

她的聲音很柔和，臉上帶著困擾的笑容，但是拒絕的意思非常明顯。

雪之下對她的態度感到失望，視線多少有點下垂。我頓時有一種四周的喧譁變得更大聲的錯覺。

然後，雪之下在腦中挑選字句，一點一點地編織出話語。

「……我的個性就是這樣，不善於表達自己……但我還是想好好跟妳談一談。」

「……嗯。」

由比濱用不置可否的曖昧方式回應。她略帶懷疑地瞄一眼雪之下，又立刻移開視線，接著轉身踏出腳步。我們不發一語，看著她逐漸遠離。

直到她有點駝背的身影消失在人群中，我才對一旁的雪之下問道：

「妳要對由比濱說的話是什麼？」

「你知道六月十八日是什麼日子嗎?」

雪之下仰頭看著我,拋出這個問題。由於她的臉突然湊過來,我不禁後退半步。

「嗯……至少不是假日。」

她見我想不出來的樣子,得意地挺起胸膛公布答案:

「由比濱同學的生日……我猜的。」

「是喔……咦?妳『猜』的?」

「沒錯。她的信箱帳號裡有0618這串數字,所以我如此猜測。」

「妳沒有直接問過她嗎……」

雪之下的溝通能力真不是蓋的。

「我想要為由比濱同學慶生。即使她之後不會再來侍奉社……我還是想好好感謝她至今所做的一切。」

雪之下稍微垂下雙眼,不太好意思地說道。

「喔……」

雪之下的性格如此,能力又像高階電腦一樣強,因此長期以來,她都處於大家嫉妒的怒火中。對她而言,由比濱無疑是初次結交的朋友。我認為她感謝由比濱的心情是真的。雖然話中不時透露放棄的念頭,但她其實很不希望失去這段友情吧。

啊……原因果然出在我對由比濱說了什麼話。

我懷著些許罪惡感瞄一眼雪之下,她察覺到我的視線,有點尷尬地扭過身體。

唉，八成又要被她說「不要看我」、「真不舒服」之類的話了，我索性在她開口前先移開視線，紅著臉乾咳幾聲。

「比企谷同學……」

「啊？」

我回過頭，看見雪之下揪著自己的胸口，緊張地吞一口口水，還為了藏起染成粉紅色的臉頰，只抬起溼潤的眼睛看過來。

視線對上的那一刻，連我都開始緊張。

她擠出一絲微弱的聲音說：

「你可以……陪、陪我一下嗎？」（註24）

「……啥？」

註24　本句原文中的「付き合う」，同時有「陪伴」和「交往」之意。

4 比企谷小町專門出一些鬼點子

星期天。

持續好幾天的梅雨後，陽光終於重新露臉。今天是我跟雪之下外出的日子。現在時間接近早上十點，我暗忖自己是不是到得有點早。看來那件破天荒的事情，讓我的內心出現動搖。

雪之下竟然會主動提出要我陪她的要求……

怎麼辦？果然還是拒絕她比較好嗎……當時的我腦袋一片混亂，都是雪之下那句話害的。我完全沒料到雪之下會說出那種話，因此失去正常的判斷能力。一定是這樣。

唔喔喔喔喔！我抱著頭，壓抑大吼的衝動。這時，後面傳來說話聲。

「久等了。」

雪之下雪乃帶著一陣涼爽的風，慢慢往這裡走來。

她穿著一件立領的淡藍色無袖上衣，難得綁成一束的黑髮像圍巾似地在胸前跳躍，長度不及膝蓋的裙子也隨她的腳步不斷飄動。

「……我、我也沒有等很久。」

「喔？那就好。我們趕快出發吧。」

她拿好籐編的提包，張望四周搜尋她要找的對象。

「小町去便利商店，我們先等一下。」

「嗯……不過假日還要她陪我們出來，感覺實在有點抱歉……」

「沒辦法啊，如果只有我們兩個去挑由比濱的生日禮物，八成不會買到什麼好東西，反正小町也滿高興的。」

「那就好……」

其實，事情是這樣子的——這是哪個電視節目嗎（註25）？

雪之下那句話的意思，單純是要找人陪她去買由比濱的生日禮物，而且她想找的人不是我，而是我的妹妹小町。

她的判斷非常正確。按照過去的經驗，碰到這種事情時，雪之下大多會找由比濱幫忙，但這次正是為了由比濱，所以沒辦法拜託她。於是，交友不甚廣闊的雪之下想得到的其他人選，只剩下比企谷小町。

我們在原地安靜地等待，兩分鐘後，小町終於回來。

註25 此為日本電視台節目「世界まる見え！テレビ特捜部」的固定台詞。

她大概意識到今天是陪雪之下出門，所以服裝顯得比平常簡單，身穿短袖上衣、夏季背心，搭配百褶裙和大腿襪，再加上一雙便鞋，整體帶有一種淑女氣息，不過稍微戴在頭上的鴨舌帽又增添一些活力。她正拿著一罐寶特瓶裝的茶飲。

「喔，雪乃姐姐！妳好。」

「不好意思，難得的假日還麻煩妳出來。」

「不會不會，小町也想買禮物送給結衣姐姐，而且很期待跟雪乃姐姐出來玩。」

她用笑容回應雪之下的道歉。這傢伙似乎滿喜歡雪之下的，所以這句話應該不是客套。話說回來，雪之下真受呆呆的傢伙歡迎。在我認識的人當中，她受女生歡迎的程度僅次於葉山。

「電車差不多要來了，我們走吧。」

我提醒雪之下和小町，一行人走向剪票口。

今天我們的目的地，是傳說中千葉高中生的約會勝地——大家最喜愛的 LaLaport TOKYO-BAY。

那裡聚集各式各樣的商店，還有電影院和大型活動場地，算是千葉縣內最豪華的休閒娛樂場所。簡單來說，即為跟我搆不著關係的地方。

電車內算是擁擠，我們手拉著吊環，搖搖晃晃地站了五分鐘。

要是只有我跟雪之下兩人，八成不會出現任何交談，不過今天小町也在場，她問了雪之下很多問題。

「雪乃姐姐已經決定好要買什麼嗎？」

「……還沒。雖然物色過很多東西，但是做不出決定。」

雪之下輕輕嘆一口氣。她之前在社辦翻閱時尚雜誌，大概是在挑選由比濱的生日禮物，不過她的品味應該跟由比濱不同。

「而且，之前從來沒有朋友送過我生日禮物……」

她帶點陰鬱的神情如此吐露。小町聽了，臉上也出現一層陰霾，不知道該說什麼而陷入沉默。

「……呵，真可憐，我可是有收過生日禮物喔。」

「咦？騙人吧？」

口氣那麼驚訝，真失禮。

「我才沒有騙人，而且我有必要現在才拿這種事跟妳吹噓嗎？」

雪之下聽我這麼說，才佩服地點頭。

「有道理……抱歉，我說話前沒有想清楚。我不應該老是懷疑你，從現在開始，我會對你垃圾的一面完全信任。」

「妳如果認為那句話算是稱讚，根本是大錯特錯。」

「所以，你收到什麼禮物？不妨說來提供我們參考看看。」

「玉米……」

雪之下聞言，連連眨了好幾次眼睛。

「咦？」

她似乎沒聽清楚，又再問一遍。

「玉、玉米……」

「什麼？」

「我說！他們家是種田的！告訴妳，那些玉米超好吃！是我媽蒸給我吃的！」

「哥哥不需要流眼淚啦……」

我才沒有哭，絕對沒有哭，只不過是眼睛冒汗。

「沒錯，那發生在我小學四年級的暑假……」

「哥哥又突然開始訴說往事……」

小町露出厭倦的表情，但雪之下好像想聽，點頭催促我繼續說。

「高津家的媽媽跟我們家的媽媽很要好，所以他那天來到我家。第一次有同學到家裡慶生，讓我有點興奮。我一到門口，便看到高津跨在五段變速的登山車上，交給我一個用報紙包著的東西。

『聽說你今天生日？我媽要我把這個拿給你。』

『啊，謝謝……』

『…………』

『……要、要進來嗎？』

『咦？喔，我已經跟小新約好要去他家玩。』

『這樣啊……』

搞什麼?竟然不邀請我……我本來以為自己跟小新很要好，聽到的當下實在有點想哭。高津跟我說再見，騎登山車離開後，我拆開手中的報紙，發現裡面是還沾著清晨露水的新鮮玉米。當我察覺時，眼淚已經一滴滴地落下……」

雪之下聽完後，輕聲嘆一口氣。

「所以，你還是沒有收過朋友送的生日禮物。」

「的確!我跟高津根本不是朋友嘛!」

時隔七年，我終於明白事情的真相。既然這樣，我跟小新算不算是朋友，也得重新考慮。

雪之下大概感受到我靈魂的吶喊，帶著望向遠方的目光低喃：

「不過，有些關係的確是因為家長而建立起來……他們聊天時，會把兩邊的小孩畫進同一個圈子裡，真希望他們不要這麼做。」

「是啊。不管是孩子會(註26)還是照顧學童之類的，真是麻煩……跟同年級的人都處不好了，何況還有其他年級的人。我就老是看自己的書……也因為如此，我才能夠遇到那麼多好書。所以從結果來說算是好的。」

「印象中我也幾乎都是在看書……反正我本來就喜歡閱讀，所以還滿快樂的。」

「哇~外、外面的天氣真好~~」

註26 以孩子健全發展為目標之團體，參加者年齡涵蓋學齡前到高中左右。

小町受不了這裡的低氣壓，開始欣賞窗外的風景。

無邊無際的澄淨晴空，讓人感受到夏天即將開始。

今天將是炎熱的一天。

× × ×

從南船橋站下車走一小段路後，左手邊會看到一間ＩＫＥＡ，這間時髦的家具店也是容易聚集人潮之處。從很久以前開始，這一帶即為休閒娛樂勝地。這裡在過去曾是一座大型迷宮，後來有一段時間改建為室內滑雪場。我用過去式的口吻說明，便代表那個滑雪場也已經消失。

我感受得到時間的流動。在不知不覺間，我已逐漸變成大人。

當時，他們還主打兩手空空就能來滑雪，真令人懷念。現在提到這個字眼，浮現腦海的只有手狀胸罩（註27）。我感受得到時間的流動。在不知不覺間，我已逐漸變成大人……

穿越天橋後，便抵達購物中心的大門。

雪之下看著設施介紹圖，盤起雙手思考。

「真驚人……裡面很寬廣呢。」

註27 「兩手空空」和「手狀胸罩」的日文發音相同。

「沒錯，這裡分成好幾個區域，所以最好先訂出一個目標。」

我不清楚這裡的實際大小，不過它不枉為附近最大的購物中心。光是在裡面閒逛，便能消磨一整天的時間。因此來這裡遊玩時，一定得先規劃好路線。

「既然這樣，應該要以效率為主。我去這一塊找。」

我指向介紹圖的右側，於是，雪之下指向左側說：「那我負責另一邊。」

好，這樣便省去一半的力氣，接下來再看看該怎麼安排小町，讓效率更加提升。

「那麼，這裡面交給小町——」

「STOP♪」

小町拗起我放在介紹圖上的手指。

「怎麼啦，很痛耶……」

她見我如此抱怨，大大發出一聲嘆息，然後學美國人「唉～～這傢伙真是不解風情」一般聳聳肩。喂，那種態度讓人很火大喔！

在場並非只有我不解風情，雪之下也疑惑地看著小町。

「有什麼問題嗎？」

「哥哥跟雪乃姐姐不要一副理所當然地分頭行動嘛。這是難得的機會，大家一起逛不是比較好嗎？這樣我們還可以交換意見，好處多多喔！」

「但是，那樣可能逛不完所有地方……」

「不用擔心！根據小町的判斷，如果要配合結衣姐姐的喜好，只要逛這個區域就沒問題了。」

小町從介紹圖底下抽出一份導覽手冊，攤開來指向一樓內側的「JASSIE」、「LISALISA」等專櫃，店名聽起來像是會教人波紋氣功（註28）。那一帶大概都是以年輕女性為主要客群的商店。

「那麼，我們走吧。」

我這麼開口，雪之下也沒什麼異議地頷首。

總之，先出發再說。

小町指的少女區在兩、三個區塊之後，一路上會經過男性用品、乍看之下不知該如何歸類的用品，以及生活百貨區，店面和品牌的數量多得令人佩服。

我走在三個人的最前方，但由於平常幾乎不會來這種大型購物中心，自己也不太知道有沒有走錯路。

雪之下大概一樣很少來購物中心，她忙著東看看、西瞧瞧，一副興致勃勃的樣子。從她臉上漾著愜意微笑的模樣看來，至少應該不覺得無聊。她還不時停下腳步，仔細研究展示的商品，不過，一旦察覺店員靠近，便會立刻離開。

啊～～我明白那種感覺。我也很想告訴那些店員，不要在顧客挑選衣服時過來搭話。在服飾店工作的人都應該學會一項技能，即是看得見獨行俠散發的「不要過

註28 指漫畫《JoJo的奇妙冒險》中的角色「莉莎莉莎」。

來跟我說話」之氣息，這樣會讓生意更加興隆喔。

我們一路上走走逛逛，抵達分別通往左右兩區的岔路口。再繼續往前走，便要搭電扶梯上樓。

我回想先前看的介紹圖，指向右手邊回頭問小町：

「小町，往右邊一直走下去就到了吧？」

然而，我完全不見小町的人影。

「咦，奇怪……」

我四處張望，依然找不到她的蹤影，只看見雪之下認真地對眼神凶惡、爪牙銳利、獠牙還在發光的詭異貓熊布偶捏來捏去。

那是東京得士尼樂園的知名角色「貓熊強尼」。「貓熊強尼獵竹記」是園內極受歡迎的遊樂設施，排隊等上兩、三個小時算是家常便飯。

東京得士尼樂園無人不知、無人不曉，它是千葉縣的驕傲，另一方面也因為明明位在千葉卻得掛上東京之名，而讓人倍感屈辱。它位於千葉縣內的舞濱（maihama），聽說這個地方很像邁阿密海灘，所以取了這樣的地名。以上是今天的千葉縣講座。

「雪之下。」

我一出聲，雪之下立刻把手中的布偶放回架上，一派冷靜地撥弄頭髮，只用眼神問我：「什麼事？」

呃，沒事，什麼事都沒有……從前一陣子的貓咪事件中，我學到面對這種情況時，不要吐槽才是最明智的選擇。

「妳有看到小町嗎？不知道她跑去哪裡。」

「對耶，我也沒看到……要不要打她的手機看看？」

「也好。」

我立刻拿出手機撥給小町，聽筒裡傳來聽不出所以然的音樂。真怪，為什麼這傢伙的手機會唱歌？

電話雖然撥通了，小町卻遲遲不接聽，我整整聽完兩段旋律後掛斷電話。

「她沒接……」

在我等待小町接聽的同時，雪之下的手上多出新的物品。除了原本的籐編提包之外，還冒出一個色彩鮮豔的塑膠袋。妳買了那玩意兒喔……

她發現我一臉呆滯地盯著她手上的袋子，便若無其事地把它放進提包，然後重新對我開口：

「小町可能是發現什麼感興趣的東西……購物中心裡有這麼多商品，難免會不小心看入迷。」

「是啊，跟妳一樣。」

我看向雪之下手上的提包，她用幾聲咳嗽敷衍過去。

「反正小町也知道最後要去哪裡，不如直接過去那裡會合吧，繼續在這裡空等並不是辦法。」

「有道理……」

我傳一封「笨蛋，快回電話，我們先過去了」的簡訊給小町，兩人繼續往前走。

「……往右轉沒錯吧？」

我只是想跟雪之下確認一下，她卻露出疑惑的表情。

「不是左轉嗎？」

正確答案是右轉。

× × ×

周遭的氣氛明顯變得不同。

粉彩和鮮豔色調交織的空間中，飄著花朵和肥皂的香氣，我們來到少女商品區。

這裡滿是衣服、飾品、襪子、廚房用品，另外當然少不了時尚內衣。對我來說，這個異空間簡直是一秒也待不下去。

「應該在這附近。」

雪之下輕鬆地說道，但我已經累得不成人形。

「是啊，竟然有辦法迷路四次……妳的幾何觀念一定很差。」

「我唯一不想聽到你批評我的數學……」

「私立大學的文組科系不看數學成績，所以我一開始就放棄，即使排名墊底也沒有關係。」

「排名墊底……你到底考幾分？」

「九分，聽說是最差的分數。這是來自我自己取得的消息。」

「……那樣不會留級嗎？」

我被老師要求補課後再參加補考，但補考是直接使用補課講義上的題目，所以背了便有分數。其實，以老師的角度來說，讓學生留級也是一件很麻煩的事，因此出席日數以外的部分幾乎都會採取權宜措施。

「那麼，我們要買什麼？」

「嗯……實用性高、耐得住長期使用的東西。」

「所以是辦公或文具用品囉？」

這些東西怎麼想都不像買給少女的禮物。

「我也想過那些東西。」

「妳竟然想過……」

「但是，我認為由比濱同學可能不喜歡……送鋼筆或工具包之類的東西，她應該不會高興吧。」

「……明智的判斷。」

我無法想像由比濱高興地叫著「哇～～我一直很想要這套螺絲起子！還有六角

扳手耶！天啊！連鐵撬都有！太謝謝妳了，小雪乃」。不過，總覺得工科少女應該會流行起來吧。

「所以妳想要挑選合她口味的禮物嗎？」

「對，我希望她能開心地收下。」

雪之下溫柔地笑著說。我想由比濱光是看到這個笑容，就會非常高興了。

「那我們趕快去挑吧。」

「等一下，小町怎麼辦？」

啊，對喔，她還沒跟我們聯絡。如果沒有她，我們便缺少一位提供專業建議的人士。雖然她已經幫忙過濾出由比濱喜歡的禮物類型，但如果不清楚究竟該選什麼東西，我們仍然不敢貿然買下手。我不知道該不該請小町幫忙到那種地步，但是，一想到雪之下竟然將鋼筆、工具包列入送給高中女生的生日禮物選項中，我實在沒辦法放心。

我拿出手機，依然沒有小町的來電記錄，於是再撥過去一次。

電話撥通後，聽筒再度傳出那首熟悉的音樂。所以她的手機到底為什麼會唱歌？

『喂～～』

「啊，妳現在在哪裡？我們已經在目的地等妳，快點過來。」

『咦……啊～～小町看到太多想買的東西，結果忘得一乾二淨。』

「妳的腦袋怎麼退化到這種地步……哥哥真是嚇到了。」

想不到她的記憶力那麼差，難怪需要背誦的科目老是考得一塌糊塗。

這時，聽筒中傳來小町非常看不起我的嘆氣聲。

『唉，要哥哥的腦袋清楚一點，果然是沒辦法的事嗎……算了，小町這裡大概還需要五個小時，到時候可能會自己回去，所以哥哥和雪乃姐姐好好加油囉～』

「喂，等、等一下！」

『怎麼啦？跟雪乃姐姐獨處很緊張嗎？不用擔心，沒事的……應該啦。』

「那倒是其次，妳一個人會不會出事啊？一個國中生單獨在這種地方亂晃……」

每到假日，購物中心便會塞滿人潮，發生意外的機率跟著提高，更何況小町還是個國中女生。雖然她的言行舉止和瞧不起哥哥的態度，經常讓我恨得牙癢癢的，不過身為哥哥的終究喜歡自己的妹妹，所以當然會擔心。

『唉，要是哥哥能把這種關心用在其他人身上就好了……不用擔心小町啦。』

「就因為是妳，我才會擔心啊。」

感覺別人用點心或現金引誘，她便會乖乖上鉤。

『哥哥以為小町是什麼人？小町可是哥哥的妹妹喔！』

喔喔！這句話真教人感動！

『所以小町一個人完全沒有問題～單獨行動反而更有精神～』

這個理由真悲哀。

然而，單獨行動反而更有精神這一點，我實在無法反駁。想想看，你打電動時是不是超激動的，還會大叫「天啊，這是哪招」、「喔，要來了嗎」、「凜子我愛妳」，老媽聽到聲音，還會問「有朋友來嗎」，只好連忙回答「我、我在講電話」，從此不敢在家裡玩LOVE PLUS。

「我知道了……萬一發生什麼事，記得立刻跟我聯絡。不對！即使沒有事也要跟我聯絡。」

『好好好～那小町掛電話囉。哥哥加油～』

通話到此結束，聽筒裡剩下「嘟——嘟——」的機器音。

只是買個東西，為什麼要加油？

我收起手機，看向雪之下。

「小町好像想買什麼東西，所以把接下來的事情通通丟給我們。」

「這樣啊……不過我都麻煩她在假日出來了，也不好意思再多說什麼。」

雪之下遺憾地說道，接著重新打起精神。

「既然已經知道由比濱同學可能喜歡的類型，再來就靠我們想辦法吧。」

天啊，感覺真讓人擔心。

她無視我的不安，逕自走入附近的服飾店，拿起商品一一仔細比較。

我跟隨她的腳步進入店內。

然而，我還是難以忍受這種地方。

首先，當男性走進店內時，便得承受其他女性客人的目光，那種目光彷彿看到什麼蟲子似的。再者，店員也開始迅速移動，以專門為我設計的守備陣型，監視我的一舉一動。

為、為什麼？店裡明明還有其他男生啊！這是歧視嗎？是歧視沒錯吧！不過那些男生的確很像現實充，儘管店內的溫度不低，他們依然在脖子上圍著圍巾、身穿像獵人服飾的背心，光是外表便現實充味十足。話說回來，那種黏在長褲上的詭異繩子是做什麼的？有什麼功用嗎？

「不好意思，這位客人……請問您需要什麼嗎？」

女店員用擠出來的笑容掩飾警戒心，對我這麼問道。

「呃，沒有……對、對不起。」

我竟然脫口對她道歉。這句沒來由的道歉，更加提高對方的警覺，旁邊又多出另一位女店員。糟糕，她呼叫同伴啦！我方已經高高立起全滅的旗幟！

要是再這樣下去，她們可能還會找來更多人。正當我打算逃離現場時，一隻手及時伸過來解圍。

「比企谷同學……你在做什麼？試穿嗎？那種事情請在家裡做。」

「我在家裡也不會做！而且我根本沒做什麼……」

雪之下露出瞧不起我的眼神靠過來，周圍的店員立刻降低戒備。

不愧是雪之下，驅散人群的行家。

「啊，是陪女朋友來的嗎？請慢慢挑選。」

店員自己得出滿意的結論，留下這句話準備離去。

「不對，完全不是這樣……」

「不對嗎？那果然是可疑人物……」

她原本藍色的眼睛變成帶有敵意的紅色。我選錯選項了！照這樣下去，我註定要走向被檢舉的壞結局。

「唉……我們走吧，比企谷同學。」

雪之下拉著我，從越聚越多的店員群中逃出去。她光是這樣做，店員便不再靠近。

來到店外後，警戒終於解除。

「……我看起來真的那麼可疑嗎？」

此刻的我皺著苦瓜臉，那對死魚眼肯定比平常嚴重幾百萬倍。用英語來說，叫做「MEGA死魚眼」。

連雪之下也對我感到同情，絲毫不責備我那些可疑的舉動。

「看來單獨的男性客人很容易被懷疑。畢竟這裡看到的男生，清一色都是跟女朋友來的。」

原來如此，所以這個區域跟拍貼區一樣，是女性和情侶專屬。這樣的話，我待在這裡也幫不上什麼忙。何況，我已經沒有勇氣挑戰下一間店。

「……不然，我到那裡等妳。」

我指向稍遠處的長椅。

即使到了店外，四周也都是女性顧客，不難想像我坐在那種地方，會受到大家奇怪的眼光注視，畢竟我連待在教室，都會遭受奇怪的眼光。

不過，我坐在比較遠的長椅上，至少不會被人檢舉，只要別做出一些可疑的舉動即可……我猜的，應該沒有問題吧？反正心裡先做好一點覺悟就是了。

我一面如此心想，一面走向長椅。

「等一下。」

「嗯？」

我轉過頭，看見雪之下大步走過來。

「你要我憑感覺自己挑禮物嗎？不是我要自誇，我的價值觀標準，可是超出一般的高中女生喔。」

「妳真有自覺……」

再怎麼說，她可是最先想到送工具包當禮物的女生。

「所以……我希望你能幫忙……」

雪之下難為情地低下頭，視線在腳邊不停游移。

可是，找我幫忙只會更加壞事。先講清楚，我從來沒有幫女生買過像樣的禮物。把自己當成禮物送出去，招來對方一陣臭罵的經驗倒是有。

「我是很想幫妳啦，但我進不了那些店……」
雪之下聽到我的回答，死心地嘆一口氣。
「事到如今也沒辦法了，請你不要離我太遠。」
「什麼？」
我露出訝異的眼神，雪之下有點不悅。
「非得要我講清楚嗎？如果吸氣、吐氣是你唯一會的事，連頭頂上的空調都比你有用。」
確實如此。空調在清淨空氣和節省電力方面都超有用的，期待它們趕快增加讀空氣的功能（註29）。
「總之，今天一天之內，我允許你表現得像是我的男朋友。」
「妳以為自己多偉大啊？」
哇……真不舒服……
雪之下察覺到我的不快，用力瞪著我說：
「你有什麼不滿？」
「我才沒有不滿。」
「是、是嗎……」
我的反應讓她呆愣一下，臉上的驚訝之情清晰可見。

註29　日文「空気を読む（讀空氣）」，為「看場合、察言觀色」之意。

不過，這沒有什麼好驚訝。如果要跟雪之下交往，我是敬謝不敏沒錯；但只是假裝交往的話，我並不介意。

雪之下不會說謊，所以她說今天一天就是今天一天，分毫不差；說表現得像一對戀人，就絕對不可能是真的戀人。

所以，我可以放心接受她的提議。

一如她百分之百地信賴我有多麼垃圾，我也可以百分之百地相信我們之間不會擦出火花。說不定這即為所謂的信賴關係……我在說什麼啊？聽起來一點都不平和。

雪之下注意到自己呆愣的表情，便轉過身去，朝另一個方向說話。

「……我還以為你一定會討厭。」

「反正我也沒有什麼理由拒絕。倒是妳不會覺得討厭嗎？」

她換上一本正經的神情轉頭，回答我拋回去的問題。

「我不會介意。不可能有認識的人發現我們，而且這裡全都是不相關的人，所以不必擔心受到誤會而引起風波。」

連我都被徹底視為不相關的人啊……也罷，無妨。

「那麼，我們走吧。」

雪之下往下一家店走去，我踏出腳步跟在她身邊。

彼此不期待也不受期待的關係滿輕鬆的，我個人頗為欣賞。你想想，潘朵拉的盒子不是裝滿一切災厄與希望嗎？由此可見，希望也是一種災厄。

× × ×

我們逛第二間服飾店的過程，出乎意料地平順。

看來這個社會比我想像的還要單純膚淺，只要一對少男少女走在一起，大家便快速認為是情侶。不過真要說的話，我自己看到兩個高中男女在一起，也會在心裡詛咒他們。因此，事實搞不好就是如此。

體格比日本選手還好的店員們原本一直緊盯著我，但只要雪之下出現在我身邊，大家便立刻解除警戒。

雪之下把周遭所有人皆視為不相關人士，即使店員上前推銷，她也用「不必了」三個字堵住對方的嘴，自己認真地挑選衣服。

她偶爾會拿起中意的衣服，上下左右到處拉拉看，那種判斷標準真是奇特。

「我們去下一間店。」

她對衣服的耐穿性沒有信心，迅速摺疊好之後放回架上。

「我說啊，妳如果要用耐不耐穿來挑選衣服，恐怕一輩子都挑不到喔。我不認為由比濱會在意衣服的防禦力。」

反正不會出現怪物，布衣已經很足夠。

「……唉，沒辦法，我只能從材質跟織工判斷……我根本不知道由比濱同學喜歡什麼，又對什麼有興趣……」

這是雪之下到目前為止最深沉、最難過的一口嘆息。

她是因為自己從來沒想過這一點而感到後悔嗎？

不過，現在才後悔也沒有用。

「不知道也沒關係啊，別人對你一知半解就來裝熟，反而更教人火大，就好像拿其他地方的花生送給千葉縣民。」

「你舉的例子太千葉，我無法理解……」

雪之下有點不知該說什麼。唔，她聽不懂嗎？

簡單來說，千葉縣民對花生很挑剔。千葉縣身為全國最大的花生產地，可不是浪得虛名。不過，生產量突破全國的七成以上，未免太厲害了。順帶一提，茨城縣的生產量占全國總量的兩成。

「說簡單一點，像是半吊子的人送酒給侍酒師。」

「原來如此，有道理。」

她點點頭，終於理解我想表達的內容

對啦，老爸送的生日禮物就很常發生這種事。他們分不出 Play Station 跟 Sega Saturn 的差別，發現超級任天堂賣完，便心想「哎呀，沒差啦，反正 Mega Drive 跟 3DO 也可以玩」。大概像這樣，一知半解之下送的禮物，通常不會讓人滿意。

「……想不到你扭曲的價值觀，也有派上用場的時候。」

雪之下似乎很佩服的樣子，但我絲毫不覺得她在誇獎我。

「挑戰對方精通的領域，的確沒有什麼勝算。如果要獲勝，便得反過來針對弱點攻擊……」

連挑選禮物都可以扯上戰鬥，妳是亞馬遜的女戰士嗎？

「不是攻擊弱點，應該說是補足對方的弱點。以這個角度來說，便會合乎妳講求的實用性。」

「有道理。既然如此……」

她似乎想到什麼，往下一家店走去。

我獨自在服飾店斜對面的時尚內衣店外等待，雪之下走進一旁的廚房用品店。

跟大膽賣弄性感和可愛的時尚內衣相比，洋華堂（註30）裡不怎麼起眼的內衣專櫃更容易讓人想入非非。不過會這麼想的，大概只有我一個人。對了，每年到六月，他們還會賣學校泳衣，更增添讓人想入非非的要素。

閒聊完畢，回到正題。

廚房用品店內，除了平底鍋、鍋具等一般的烹飪器材，還有酷似某對動物相聲角色（註31）的防燙手套、形狀像俄羅斯娃娃的餐具組等等精緻的商品。

「喔喔～～這的確是由比濱的弱點。」

由比濱不擅長下廚——更正，是她根本不會下廚。我嘗過一次她烤的餅乾，還

註30 日本一間連鎖式的綜合商場。

註31 指牛與青蛙的相聲組合「パペットマペット」。

以為自己吃到京葉 HOME CENTER 賣的木炭，不過也可能是 JOYFUL 本田（註32）賣的。不管怎麼樣，那味道非常驚人，和其恐怖的外表相符。等等，那與其說是「味道」，用「刺激」來指稱可能更為恰當。

當時雪之下也吃了餅乾。儘管在她以燃燒生命的方式指導之後，由比濱的餅乾總算提升到正常水準，但如果換成工程更浩大的料理，我想她還是做不出好東西。

話說回來，這間店還滿令人愉悅的。

喔？這個鍋蓋真有意思，可以打開握把加入調味料，真是吸引人。討厭啦，我好像笨蛋似的。

除了使用起來很方便的器具，這裡還有真正的炒菜鍋。糟糕，我好想把它拿起來亂揮，同時發出「哈哈哈哈哈」的笑聲（註33）。

不論是在家庭用品店或百圓商店，光是看著這些玩意兒，我便會不自禁地興奮起來。

「這邊，比企谷同學。」

我循聲走過去，看見雪之下穿著一件圍裙。

黑色的料子反而有一種輕薄感，穿在她身上甚至散發出清涼的氣息，胸前還裝飾著貓腳印。

註32　「京葉HOME CENTER」和「JOYFUL本田」均為家庭用品連鎖量販店。

註33　指漫畫《炒翻天》的主角秋山醬。

她把繩子繫成大大的蝴蝶結，凸顯出緊緻的小蠻腰。

接著，她如同跳華爾滋般旋轉一圈，檢查頭部和手腕是否方便活動。綁得不是很緊的蝴蝶結隨之揚起，好像一條尾巴。

「怎麼樣？」

「妳要問我的意見啊……只能說太合適了。」

我想不出其他還可以說什麼。雪之下留著一頭黑髮，跟這種簡約風格相配得一塌糊塗。我老實地讚美雪之下，不過她沒有看我，而是對著穿衣鏡檢查肩膀、蝴蝶結和裙襬。現在只有鏡子知道雪之下露出什麼表情。

「……嗯，謝謝你。不過我問的不是我，而是穿在由比濱同學身上怎麼樣。」

「由比濱的話可能不合適。她比較喜歡輕飄飄又花俏的詭異設計吧？」

「雖然那樣說很過分，不過的確是事實，我真不知道該怎麼回答你……」

雪之下一邊說，一邊脫下圍裙仔細摺好。

「不過，應該可以確定從這裡挑選禮物。」

雪之下還沒把摺好的圍裙放回去，便發現下一個目標。她這次仔細地確認口袋數量和材質。沒錯，材質也是很重要的一環，挑選石棉之類不易燃燒的材質比較好，因為讓那傢伙用火實在很危險。

雪之下最後選擇一件以淡粉紅色為底，沒有太多裝飾的圍裙。

「這一件好了。」

「嗯，還不錯。」

這件圍裙的兩邊各有一個小口袋，正中間還有一個很大的四次元口袋，很適合感覺會攜帶大量零食的由比濱。

雪之下摺起粉紅色的圍裙走向櫃檯。此刻，她總共拿著兩件圍裙，一件是粉紅色的，另一件是黑色。

「從剛才的布偶開始，其實妳早就想好要買什麼了吧？」

「……這件圍裙並不在我的採購計畫內。」

「所以是衝動購物囉。也是啦，這種事情很常發生。」

「…………」

她張開嘴巴要說什麼，不過還是把話吞回去，只瞄我一眼，便別開視線獨自走去結帳。

難道不是衝動購物？這傢伙真是讓人搞不懂。唯一可以確定的是，那隻貓熊布偶本來就在她的購物清單中。

× × ×

我在寵物店買完東西結帳時，雪之下不在身邊。

她並非丟下我先行離去，不管怎麼說，她還沒有無情到那種地步。其實是我要求暫時脫隊去買自己的東西，她立刻爽快地答應……嗯，果然還是很無情。

我本來打算用手機聯絡雪之下，不過後來想想，她會去的地方大概只有那幾個，於是我離開寵物用品區，走向展售寵物的籠子。

不出我所料，她果然在那裡。

雪之下抱膝坐在地上，嘴角泛起溫柔的微笑，輕輕撫摸小貓，不時撥弄牠的毛，不過因為周圍還有其他顧客，她今天沒有發出「喵～」的叫聲。

看她那副沉醉其中的模樣，我有點不忍心叫她。

正當我思考該怎麼辦時，雪之下撫摸的小貓突然把耳朵轉過來，雪之下見狀也跟著回頭。

「哎呀，動作真快。」

（翻譯：我還想再多摸一下……）

「抱歉。」

我也不清楚自己是因為讓她等待而道歉，還是為回來得太早而道歉。不管哪一種，總之先道歉就是了。

雪之下依依不捨地摸了最後一次，用嘴型發出無聲的貓叫，向貓咪道別後站起身。

「你買什麼？雖然我大概想像得到。」

「嗯，跟妳想的一樣。」

「是嗎？」

她回答得很平靜，不過臉上出現些許滿足，看來猜對答案讓她相當高興。

「不過，我還挺意外你竟然會幫由比濱同學買禮物。」

這句話讓我有點不知該如何回答。

「……哪有。這算是比賽的延伸範圍，我只是決定這次跟妳合作而已。」

「這也已經很難得……難道你生病了嗎？」

雪之下訝異地睜大雙眼，真是失禮。

話說回來，用慶生的方式讓由比濱燃起熱忱，這個點子確實不錯。不過為了這個目的，我也必須好好清算一下自己跟由比濱的關係。要是一直維持曖昧狀態，遲早會再發生同樣的事。

「既然事情辦完了，我們回去吧。」

「好。」

現在大概是下午兩點，想不到我們在裡面逛了這麼久，本來還打算速戰速決的。

在我們離開出口之前，都是由我走在前頭。總覺得即使是回去的路程，若讓雪之下帶路恐怕會永遠都走不出去。大型迷宮只要存在於過去就夠了。

離開的路上，我們經過以全家人和情侶為主要客群的遊樂場。

這裡有代幣遊戲、夾娃娃機、雙人合作的射擊遊戲、把玩家的臉放入角色的賽車遊戲，以及拍貼機，基本上淨是需要大家同樂的機台，所以跟我沒有關係。

我打算快速通過這一區，但雪之下停住腳步。

「怎麼？妳想玩嗎？」

「我對電動沒有興趣。」

她嘴巴那麼說，眼睛倒是牢牢盯著夾娃娃機——不對，根據我的仔細觀察，其實並非如此。我隨著她的視線看過去，發現她只盯著其中一台夾娃娃機。

那台機器裡堆滿眼熟的布偶。

看透世界黑暗的陰沉眼神、足以撕裂竹子和野獸的爪子、在燈光照射下散發不祥光芒的獠牙……那是貓熊強尼。這個角色魄力十足，難怪名字裡有個「強」字。

「……要試試看嗎？」

「不用，我一點也不想玩遊戲。」

（翻譯：我只想要裡面的布偶。）

我一定是吃了某種奇怪的蒟蒻，才能解讀雪之下的話中含意，同時跟她進行對話。

「唉，想要布偶的話就試試看嘛，雖然我不認為妳夾得起來。」

「哎呀，這算是在挑釁嗎？難道你看不起我？」

雪之下散發出寒氣，看來她身上的開關打開了。

「不要誤會，我不是在批評妳的技術，而是這種遊戲在熟練之前本來就很難夾到娃娃。小町每次玩，也從來沒成功過。」

她一直把硬幣丟進去，像是餵存錢筒似的，我看著看著都為她感到可憐。縱然我搬出小町當例子，也無法澆熄雪之下的好勝心。她掏出一張千圓鈔票塞進兌幣機。

「既然這樣，讓自己熟練不就好嗎？」

語畢，她將一疊百圓硬幣放在投幣孔旁邊，準備霸占這個機台。

雪之下投入一枚硬幣後，機器發出「哇嗚嗚……」的古怪聲。

她緊緊盯著機器，一動也不動。

「…………」

她的表情很認真，非常有氣魄。

這傢伙……該不會……不知道怎麼操作吧……

「右邊的按鈕控制左右，左邊的按鈕控制前後，妳要按住按鈕，機械手臂才會移動，放開的話它會立刻停下。」

「喔……謝謝你。」

雪之下紅著臉開始玩抓娃娃機。她先把機械手臂往右移動……嗯，沒錯，很簡單吧。接下來，再把手臂往裡面移動……喔喔，位置不錯。

然後，機械手臂「哇嗚嗚……」地叫著，準備抓取下方的布偶。這、這隻手臂是怎麼回事？聲音未免太可愛。

「……夾到了。」

雪之下細微的聲音傳入耳中。我轉過頭，看見她握拳擺出小小的勝利動作。可惜那隻手臂「哇嗚嗚……」地鬆開布偶，回到原本的地方，再也不吭一聲。失敗。

「對吧？剛開始是不是很難？」

我如此安慰雪之下，她則氣呼呼地瞪著那隻手臂。

「……等一下，剛才明明有夾到吧？為什麼會鬆開？」

她用平時對我咄咄逼人的語氣質問機械手臂。在她強大的魄力之下，最後是我改變態度。好恐怖好恐怖。

「哎呀，妳看看，妳要的布偶不是已經掉到比較好拿的地方嗎？我記得夾娃娃的訣竅，在於一次一點地慢慢移動。」

我把機台上的操作提示念給她聽。

「這樣啊……手臂的抓力不夠，所以得多夾幾次。」

她瞭解之後，再度投入一枚百圓硬幣。

哇嗚嗚……

「……可惡，又來了。」

哇嗚嗚嗚嗚……哇嗚嗚嗚嗚……

「給我識相一點……」

哇嗚嗚……

「唔！」

如果只聽現場的聲音，別人一定以為雪之下在虐待機械手臂。

儘管她的表情很冷靜，手邊的硬幣卻迅速消失。妳還不肯放棄嗎……

看她那個樣子，不論再試多少次都不會成功。

「……妳太遜了吧。」

「什麼……敢說這種話，代表你很厲害囉？」

雪之下用力瞪著我，我自信滿滿地回答：

「沒錯，以前小町常常吵著要我夾給她，所以我已經練得很拿手。小町總會央求我……」

「難怪……」

老實講，不知從什麼時候開始，我變得完全聽任妹妹擺布……這樣一來，身為哥哥的尊嚴豈不是蕩然無存嗎？

「先閃一邊，我一定會拿到手。」

聽我這麼說，雪之下帶著狐疑的眼神，老大不甘願地讓出位置。

「讓妳看看我的獨門絕活。」

我緩緩抬起右手，高舉到半空中。

雪之下滿心期待地看著我的手，等待接下來發生的事。

還沒……再等一下……現在最重要的是掌握時機。

這時，視線範圍出現一道迅速晃過的黑影。

就是現在！

「不好意思～～我想要這個布偶。」

「沒問題～請問是這隻貓熊強尼沒錯吧？那麼我要夾囉！」

哇嗚嗚……機械手臂發出一陣哭泣後，布偶「咚」的一聲落入洞口。

「來，請收下。」

遊樂場的大姐姐帶著親切的微笑，把貓熊強尼遞給我。這即為最近經常出現的「代客取物服務」。

「謝謝妳。」

我道謝後，大姐姐也回以燦爛的笑容，然後離去。

至於一旁的雪之下，則用比平常更不開心的表情看著我。

「怎、怎麼啦……」

「沒什麼……只是好奇，你不覺得這種人生很丟臉嗎？」

「雪之下，妳要知道，人生是萬物中最有價值的東西。為自己的人生感到丟臉，才是最丟臉的事。所以看著我的行為，嘲笑『哈哈哈，真丟臉』的傢伙，才是真正不配活下去的人。」

「前面說得那麼好聽，最後卻充滿恨意……」

雪之下露出一副受不了的樣子，梳起頭髮嘆一口氣。

「真是的……難得看到你那麼認真，結果是用這種方法……」

「我本來就沒有說要自己夾，只有說會拿到手。喏，拿去。」

我把貓熊強尼塞給雪之下，但是她推回來。

「這是你得到的東西。即使我再怎麼不想認同那種手段，但確實是你的功勞。」

連在這種小地方，雪之下也很講道理。該說她很執著呢？還是死腦筋呢？哎呀，都不對，這應該叫做彆扭。

要論彆扭，我可是不輸人的。

「不行，我不需要這個東西，而且是妳投幣付出等值的金額，所以自然有義務接下它。」

聽完我這番話，雪之下推卻的力道減弱，貓熊強尼的布偶來到她手中。

「……有、有道理。」

她看向自己懷裡的布偶，接著瞄向我。

「……我不會還你喔。」

「都說我不要啦。」

誰想要那種凶神惡煞般的玩偶？

而且，她把玩偶抱得那麼緊，我怎麼狠得下心開口要回來呢？

其實雪之下也有可愛的地方嘛，本來以為她比我想像的還冷酷。

她注意到我略帶微笑的表情，有點害羞地別過頭，臉頰微微染上紅暈。

「……布偶感覺不太適合我，還是跟由比濱同學或戶塚同學比較配。」

「前者不做評論，後者我同意。」

戶塚跟布偶簡直是絕配，有如紅豆麵包配上牛奶。

「不過，妳喜歡布偶這點讓我滿驚訝的。」

我率直地說出內心的感想。雪之下並沒有生氣，只是不停撫摸那隻布偶。

「……我只喜歡貓熊強尼，對其他的布偶沒有興趣。」

她動動貓熊的雙手，那雙利爪跟著響起可怕的咯吱聲。

如果不考慮那個聲音，造型上的確相當可愛。

「我一直有蒐集布偶這些東西的習慣，不過這類獎品跟市面上的商品不同，只能透過夾娃娃機取得，這點一直讓我很頭痛。雖然曾想過在網路拍賣上購買，但是網拍商品的狀況無法保證良好，賣家提供的圖片也可能經過加工，所以始終無法下定決心……」

這、這些理由一點都不可愛……

我不禁嘆一口氣。

「不過，妳真的很喜歡貓熊強尼耶。」

今天目睹雪之下對貓熊強尼執著的一面，讓我脫口說出這句話。雪之下聽了，目光忽然望向遠方。

「……沒錯，那是我小時候的禮物。」

「布偶嗎？」

「不，是原作的原文書。」

「咦？這東西有原作啊？」

我在驚訝之餘，忍不住開口問道。不過，這是一個錯誤的決定。

下一秒，雪之下彷彿著魔似的，滔滔不絕地說道：

「貓熊強尼的原作書名為《Hello, Mr. Panda》，改名前叫做《Panda's Garden》。據說這本書的起源，是美國的生物學家蘭德・麥金塔先生為了研究貓熊，舉家遷去中國後，為不適應新環境的兒子所寫的故事。」

「……雪基百科啟動了。」

我帶著半厭煩的語氣開玩笑打斷她，雪之下仍毫不在意地說下去。

「得士尼版重新設計的角色個性更加鮮明、名氣更響亮，不過原作的設定也很出色。裡面不但包含東西洋文化的隱喻，還融合成一個架構完整的故事，技法實在非常高明。最重要的是，故事中隨處可見父親對孩子的愛，以及傳達給他的訊息。」

「咦？是那樣的故事嗎？我以為牠只是一天到晚嚷嚷『我要吃竹子～我要吃好多好多竹子～』，吃完竹子還會打起醉拳的角色。」

「……得士尼的版本的確很強調那一面，所以我沒辦法說什麼。不過，那個設定在原作中只算是一點皮毛，你只要看過一次便能瞭解。翻譯版本也很不錯，但我還是推薦原文版。」

雪之下好像真的很樂在其中。

我可以體會這種感覺，聊起自己喜歡的東西便會像這樣子。我在國中時代，曾跟同學談了整整三十分鐘自己喜歡的漫畫，結果我們本來即將成為朋友，最後卻被他疏遠。聽到對方說「比企谷平常不太說話，只有聊到漫畫時才說個不停，感覺有點……」時，我實在有點想去死算了。

不過，我認為暢談自己喜歡的東西是一件好事，即使喜歡的東西不流行、不受大眾歡迎。

我從來不會考慮該選擇自己喜歡的東西，還是跟對自己沒什麼好感的人交朋友。只是，因為這樣便要求我看原文書，我也很傷腦筋。如果是禁書，我可能還願意看。

「不過，妳從小就會英文啊？」

「怎麼可能？我當然不會。可是，當時因為很想看懂，我還一邊查字典一邊看，感覺很像在玩拼圖遊戲，非常快樂。」

雪之下想起多年前的往事，眼神相當柔和。

接著，她低喃道：

「……那是我的生日禮物。說不定正因為這樣，我才對它更有感情……所、所以……」

雪之下難為情地把臉埋入玩偶，藏起表情看向我。

「所以，得到這個布偶……」

「咦？是雪乃嗎？啊，真的是雪乃！」

某個人大剌剌地過來，打斷雪之下的話。

這個聲音很熟悉，很像某個人。我找出是誰說話時，不禁啞口無言。

豔麗的黑髮，細緻透明的白皙肌膚，端正的五官——我很少看到如此耀眼的姿態，即使全身散發出清純感，親切的笑容還是增添不少華麗。

眼前是一位姿色驚人的大美女，她合掌對身後一群男男女女道歉，示意他們先走，大概是和那群朋友一起來玩的。

我有一種似曾相識的感覺，但是另一種不自然的感受更強烈。

「姐姐……」

雪之下原本鬆懈的表情頓時轉為驚恐。我聽到這句話立刻回頭，看見她把布偶抱得更緊，肩膀也僵硬起來。

「什麼？姐姐……咦？」

我來回比較雪之下跟眼前的這名女子。

對方的年紀大約是二十歲上下。

整體服裝以白色為底，輕飄飄的蕾絲給人柔和的印象，伸出的四肢則突顯出肌膚之美。雖然露出的部分很多，看來卻出奇地高雅。

她跟雪之下的確很相似。如果雪之下屬於固態之美，這位女性則充滿液態的魅力。

「妳在這種地方做什麼？喔～～約會！妳在約會對吧！」

「…………」

這位女性不斷用手肘頂雪之下，跟她開玩笑，但雪之下只露出冰冷的表情，貌似相當頭痛。

嗯……外表是很像沒錯，性格卻相差很遠。

如果冷靜下來仔細觀察，會發現她們有不少相異之處。

首先是胸部，雪之下沒什麼料，她姐姐則豐滿得恰到好處。纖細的身材配上賞心悅目的胸部，簡直是最強組合。

我懂了！先前覺得不自然的地方，原來是胸部的大小！喔，不對，不只這樣。

「我說啊，那位是雪乃的男朋友嗎？」

「……不是，是學校同學。」

「又來了～～有什麼好害羞的？」

「…………」

哇，雪之下瞪姐姐的眼神好凶狠……明明那麼恐怖，她姐姐卻用笑容應付過去。

「我是雪乃的姐姐，名叫陽乃。你要跟雪乃好好相處喔～」

「是，我是比企谷。」

既然對方報上名字，自己也要報上名字回應。這名女性的全名應該是雪之下陽乃，好，記住了。

「比企谷……喔……」

陽乃短暫地思考一會兒，從腳底到頭頂快速打量我。這一瞬間，我突然覺得身體發寒，像是被綁住似地無法動彈。

「比企谷對吧？好，請多多指教♪」

不過隨著陽乃對我微笑，那種感覺跟著消失。剛才是怎麼回事……被美女盯著看，害我太緊張嗎？

陽乃如同其名，個性像陽光一樣開朗。儘管外表跟雪之下很相近，給人的印象卻大不相同。雪之下的冰冷形象非常強烈，她姐姐的表情則非常豐富。沒想到同樣是笑臉，也能有那麼多種變化。

此外，原來隨著個性不同，相同的五官會產生如此不同的印象，令我打從心裡感到佩服。

現在我明白她們不像的理由了，但還有一種難以言喻的不自然感，在心頭揮之不去。看來真正的原因還在其他地方。

我疑惑地看向陽乃，她跟我對望一眼後，立刻轉向雪之下。

「啊，這不是貓熊強尼嗎？」

她興奮地說著，手伸向雪之下抱住的布偶。

「我很喜歡這個東西喔～真好～軟綿綿的～好羨慕雪乃～～」

「不要碰它。」

雪之下的語氣很強硬，讓我感到耳朵內部一陣麻痺。那句話的聲音不會特別大，但是強烈的拒絕之意刺得我耳膜發痛。

陽乃也是一樣，始終掛在臉上的笑容瞬間凍結。

「……哇，嚇我一跳。對不起啦，雪乃～所、所以這是男朋友送的禮物嗎？姐姐有點不識相呢。」

「不對，我不是她的男朋友。」

「喔？你也生氣啦？要是你弄哭雪乃，姐姐可不會原諒你喔！」

陽乃伸出食指訓斥我，接著戳上我的臉頰開始轉動手指。痛痛痛！會痛啦！而且太近太近太近了，怎麼那麼香！

透過與人之間的距離，可以明白一個人的社交能力。陽乃竟然靠得這麼近，代表她的社交能力強得驚人。

「姐姐，夠了。妳沒有什麼事的話，我們要回去了。」

即使雪之下開口制止，陽乃仍是完全當成耳邊風，繼續玩弄我的臉頰。

「快點從實招來！你們是什麼時候開始交往的？」

「喂！拜託妳趕快停手！」

陽乃的食指持續對我發動戳臉攻擊，待我發現時，我們兩人已經緊緊黏在一起。不對，根本已經碰到了！啊，跑掉了！又碰到了！她的胸部不斷進行「Hit and

Away」攻擊，難道是拳王阿里不成……

「……姐姐，請妳適可而止。」

一陣陰沉的聲音傳來，雪之下毫不掩飾自己的不耐。她撥起頭髮，朝陽乃投以蔑視的眼神。

「啊……對不起，雪乃，姐姐好像有點太興奮。」

陽乃這才輕鬆地笑笑，為自己的行為道歉。感覺這對姐妹一個是天真爛漫，一個是神經質。

她接著湊過來對我咬耳朵。不是說妳靠得太近嗎？

「抱歉啦，雪乃是個神經很纖細的孩子……所以你要好好照顧她喔。」

這時，一陣最大的不自然感襲來，我嚇得整個身體往後仰。

陽乃似乎對我的反應感到意外，於是把上半身往右偏，閉著眼睛沉吟思考。那個動作太可愛了，如果附近的男生看到，應該會在一瞬間被奪走心神。

「是不是我做了惹你不高興的事？是的話，我向你道歉。」

她吐著粉紅色的舌頭跟我賠罪，那個舉動激起我的保護慾，讓我頓時感到一股罪惡感。得趕快想個理由才行！

「啊，沒有啦，因為……嗯，耳朵是我的弱點。」

「不要對初次見面的女性公開你的癖好，比企谷同學。要是被告了可別哇哇叫。」

雪之下像是頭痛似地輕輕按住額頭。

至於陽乃則恢復之前親切的笑容。

「啊哈♪比企谷真是有趣～～」

我完全不知道自己戳中陽乃的哪一點，令她大笑著用力拍打我的背。就跟妳說這樣靠太近啦！

「對了，比企谷，方便的話要不要一起喝杯茶？姐姐得知道你適不適合當雪乃的男朋友。」

她得意地挺起胸膛，對我眨一下眼睛。

「……怎麼講不聽？我不是說過我們只是學校同學嗎？」

雪之下的聲音宛如極北之地吹來的暴風雪，既冷冽又帶刺，將陽乃的調侃吹得無影無蹤。那是不由分說的拒絕。

不過，陽乃這次笑著輕鬆帶過。

「人家第一次看到雪乃跟人出門，當然會以為是男朋友囉！所以才這麼高興。」

說到這裡，她又「呵呵呵～」地笑著，好像覺得很有趣。

「青春只有一次，一定得好好享受才行。啊，不過也不可以玩得太瘋喔！」

陽乃開玩笑似地左手扠腰，豎起右手食指湊過來提醒我。接著，她維持那個姿勢靠近雪之下的耳邊，小聲對她說：

「媽媽還在氣妳一個人搬出去住。」

雪之下聽到「媽媽」這個字的瞬間，身體頓時僵硬。

現場出現短暫的沉默，我甚至覺得吵雜的遊樂場聲音，也像退潮似地逐漸變小。

一秒鐘後，她抱好手中的布偶說：

「……這跟姐姐沒有關係。」

不論什麼事情，雪之下總是正面面對，也不屈服於任何人，從來不會低頭。但現在的她並沒有看著陽乃，而是盯著地面說話。

這幅景象讓我感到一陣衝擊。雖然雪之下偶爾也有消沉的時候，但我從來沒看過她屈服於人。

陽乃僅用嘴角微笑一下。

「這樣啊。也對，跟姐姐沒有關係。」

接著，她迅速地跳開。

「雪乃有在認真思考就夠了，看來是我多管閒事，抱歉抱歉。」

她用「嘿嘿」的笑聲掩飾過去，重新看向我。

「比企谷，等你真的成為雪乃的男朋友，我們再去喝茶吧。再見！」

最後，她對我燦爛一笑，在胸前輕輕揮手道別，小跑步離去。

陽乃彷彿真的全身散發出光芒，我的眼睛眨也不眨地看著她離去，直到對方完全消失不見。

之後，我們重新邁開腳步。

「妳姐姐真厲害……」

我忍不住說出這句話，雪之下點頭同意。

「見過她的人都這麼說。」

「是啊，可以瞭解。」

「嗯，外型亮麗、腦筋一流、文武雙全、多才多藝、敦厚篤實……沒有人能像她那麼完美，大家總是讚不絕口……」

「啊？妳不是也差不多嗎？這是變相的吹捧自己吧？」

聽我這麼說，雪之下驚訝地抬起頭。

「……咦？」

「我是說那種……嗯，該怎麼形容呢？那種很像包上一層動力服的外表很厲害。」

要把那種動力服說成 Mobile Suit 也可以。我之所以覺得雪之下陽乃有種不自然的感覺，即是出自這個原因。說她「把自己包起來」，應該是最為貼切的形容。

「對不受歡迎的男生而言，妳姐姐是非常理想的類型。可以輕鬆地開口聊天，對人又好，臉上總是掛著笑容，甚至有辦法跟我正常說話，還有，嗯……肌膚交流非常密切，感覺很柔軟……」

「你知不知道自己說的話有多下流……」

「笨、笨蛋！我是說她的手！手的觸感！」

儘管我拚命辯解，雪之下蔑視的眼神並沒有因此趨緩。我只好提高音量轉移話題。

「那只是理想狀態，現實中不會成真！所以我是說，她感覺不太老實啦！」

不受歡迎的獨行俠，搞不好是世界上最現實的一群人。

我時時刻刻把不受歡迎者的三大原則銘記在心，亦即「不擁有（希望）、不創造（心靈縫隙）、不要求（甜言蜜語）」。最強的戰士日以繼夜和名為「現實」的最強敵人戰鬥，絕不會落入那種膚淺的陷阱中。

即使世界上有所謂的好女人，也沒有呼之即來、揮之即去的女人。

——比企谷八幡

我靈光一閃，想到這麼一句名言，趕緊把它記下來。

雪之下認真地凝視我的眼睛。

「……雖然你總是一副死魚眼——不對，正因為是死魚眼，才有辦法看出來呢……」

「那句話算是稱讚嗎？」

「我是在稱讚你沒錯，而且是大大地稱讚。」

我怎麼完全感覺不出來……

雪之下不高興地盤起雙手，視線望向遠方。

「正如同你所說，那只是她表現出來的樣子。你知道我家裡的事情吧？她是家中的長女，因為工作關係，經常得前往各處拜訪和參加宴會，結果讓她產生那樣的一面……你還滿厲害的。」

「喔，這是老爸教我的，他說如果看到大姐姐在可疑的畫廊裡賣畫，一定要格外留意。對於第一次見面就那麼親暱的人，我一向很小心。以前老爸就被騙過，還因此背了不少債。」

我媽甚至差一點被氣死。

總之，多虧家裡的英才教育，我到目前為止都沒被騙過，往後的人生中應該也不會被騙。

雪之下聽完，撫著太陽穴輕嘆一口氣。

「唉……真是愚蠢的理由。姐姐大概想不到，自己會因為那樣而遭到懷疑。」

她完全不知該做何反應，但我的理由不僅如此。

「還有，她跟妳長得很像，笑起來卻完全不同。」

我分得出真正的笑容——不諂媚、不欺瞞、不敷衍的笑容。

聽我這麼一說，雪之下加快腳步走到我前頭。

「……愚蠢的理由。」

她轉過頭，用平常那副有些冰冷的表情看向我。

「……我們回去吧。」

她小聲說道，我點點頭。

接下來在回家的路上，我們再也沒有任何交談。

我沒問她什麼，她也沒對我說什麼。其實，我們應該都有話要說才是。

然而，我們選擇互不侵犯，保持以往的距離。兩人之間的關係，只像是電車上座位相鄰的乘客。我們就這麼度過一段空白的時間。

即將抵達下車的車站時，雪之下先起身，我跟在後面。

通過剪票口後，雪之下稍微停住腳步。

「我要往這裡走。」

她指向南邊的出口。

「嗯，再見。」

我轉向北邊的出口。

這時，背後傳來雪之下細微的聲音。

「我今天很快樂，再見。」

我不禁懷疑自己是否聽錯，連忙回過頭，但雪之下已經邁開腳步，完全沒有要轉頭的意思。

最後，我就這麼目送她離去，直到再也看不見為止。

這、這次絕對要打聽出來！

那麼，哥哥會跟結
衣姐姐說什麼？

小町指的是對話。

她們的感情真好～

喔喔？

……這樣不行啦～～
對大家都很好的女生很稀有喔！
哥哥應該要更相信她！因為女生只會對拿得到好
處的人溫柔！

嗯……蕩婦之類的。

對話嗎？
不過她大部分都在跟雪之下聊天，我幾乎只有旁聽的份。

是啊。
不過，我覺得她還滿不錯的。

她對每個人都很好，這也是我到現在還無法相信她的部分。

關於 由比濱結衣

妳最後那句話，反而讓我完全不想相信她……

5

即使如此，材木座義輝依然獨自於荒野慟哭

星期一，用英文來說是Monday，發音跟日文的「揉我」很相似。然而，星期一並不會因為聽起來色色的，便成為值得高興的一天，只會讓人想到「又要再上一週的課……」而大口嘆氣。我當然想請假不去上課，但不可能有人願意幫忙抄筆記和拿講義，這麼一想，出席率便自然提高。

我花錢去學校上課都想請假了，不必花錢便能去公司上班的人想必更想請假。不過請假會造成同事的困擾，所以我一開始就想選擇不要工作。

話說回來，那群現實充嘴上說著「喔～～超不想上學的～～慘了！我放暑假時把課本弄丟啦」，但為什麼那麼喜歡來學校呢？你們天天都會來報到吧？現實充的特色是心口不一，所以說謊是成為現實充的開端。

我在早上的班會時間前一刻，進入喧鬧不已的教室。

教室內已經分成好幾塊殖民地：有男有女的現實充一軍、想泡妞的現實充二軍、參加社團卻不是正式選手的運動員、御宅族集團、女性中堅分子、文靜的女生，以及幾個獨行俠。這些獨行俠也可以細分成不同種類……我看這方面還是算了。

大家都沉浸在各自的聊天中，沒有人注意到我走進來。等一下，使用「注意」這個字不太正確，應該說沒有人「理會」我比較貼切。

我在教室內的島嶼間穿梭，來到自己的座位。

現實充一軍和御宅族集團就在旁邊。

那群人只要聚集起來，著實很讓人煩躁，但如果其中有人來得太早，則會不耐煩地玩起手機，納悶「他們怎麼還不來……」，或是假裝撥頭髮，偷瞄教室門口，這些行為其實挺可愛的。

他們擁有很強的同伴意識，幾乎不跟圈子之外的人打交道，獨自行動時也不會加入其他群體。從這個角度思考，他們其實非常排外，差別待遇也很嚴重。

反過來說，獨行俠簡直是博愛主義者。他們不愛任何人，其實正是愛著所有人的表現。哎呀，看來我被尊為聖人比企谷，只是時間早晚的問題。

走到座位坐下後，第一件事便是發呆。我會端詳自己的手，思考「最近指甲又長長了」、「咦，我的生命線變短啦」這些有的沒的事，所以一點也不無聊。如果要論虛度時間的能力，我可是一點都不會輸人。

這是哪門子的無用能力……

×××

當我發動自己習得的一大堆無用技能時，課程在不知不覺中結束，一晃眼來到放學時間。我甚至以為自己徹底精通那些技能，因而喚醒替身能力。

我速速收拾書包站起身。

今天我也完全沒跟隔壁的女生說話。日本的英文教育之所以無法成功，八成是因為要求學生在上課時分組練習。

來到侍奉社時，早我一步離開教室的由比濱已經出現在那裡。不過她沒有進入社辦，而是站在門口不斷深呼吸。

「……妳在做什麼？」

「哇啊！是、是、是自閉男啊。嗯……該怎麼說呢，前一陣子的氣氛實在有點尷尬……」

她尷尬地移開視線。

「…………………」

「…………………」

我們都陷入沉默。

兩個人就這麼低著頭，避免對上視線。這時，我發現社辦的門微微開著，透過門縫一看，雪之下正坐在專屬於她的座位，一如往常地看書。

パタパタ

看來由比濱很猶豫要不要進入社辦。

我可以理解，畢竟她整整一個星期都沒有來社團。

不論是學校還是打工，一旦突然請假，接下來便會不知道該如何面對大家。我自己也一樣，曾經三次因為蹺班後感到尷尬而再也沒有回去工作。不對，如果加上連報到都沒去的工作，總共是五次。

因此，我很瞭解由比濱此刻的心情。

「好啦，進去吧。」

因為如此，我半強迫地把她拉進社辦，還故意用力開門昭告天下。

我發出的噪音引起雪之下不悅，她猛然抬起頭。

「由比濱同學……」

「哈、哈囉，小雪乃……」

由比濱稍微舉手打招呼，刻意擠出開朗的聲音，雪之下則若無其事地又將視線投回書本上。

「快點進來，不要一直待在那裡，社團活動已經開始了。」

雪之下低下頭其實是要掩飾自己的表情吧，但我仍然可以明顯看出，她的臉頰泛起一陣紅潮。還有她說話的口氣，活像見到離家出走的女兒回來的母親……

「嗯，好……」

由比濱如此回應，走向之前的座位，亦即雪之下的隔壁拉開椅子，不過兩人的椅子之間保留偌大的間隔，幾乎可以再塞進一個人。

我坐到自己的老位子，也就是雪之下的斜對面。

平常這種時候，由比濱會開始玩自己的手機，但她今天只是將雙手放在膝蓋上坐著不動，椅子也只坐一點點。雪之下努力不要太注意她，結果恰恰相反，反而因為太過注意，從剛才開始整個身體便完全僵住不動。

現場的靜默讓人悠哉不起來，充斥著緊繃的氣氛，連我自己扭動身體發出聲響，也會在意個老半天。一點輕微的咳嗽都會產生回音，秒針滴答滴答的聲音不斷在耳際徘徊。

我們三人都閉口不語，同時豎起耳朵，仔細聆聽任何一個人準備開口說話的徵兆。只要有人稍微喘口氣，大家便立刻把眼睛瞄過去。

這陣沉默真漫長……我看看手錶，發現時間才經過不到三分鐘。怎麼回事？這裡是精神時光屋嗎？我甚至感覺得到，社辦的地心引力和大氣壓力正逐漸對我們施加重量。

我盯著秒針滴答滴答地走過，剛好繞完一圈時，耳邊傳來微小的說話聲。

「由比濱同學。」

雪之下「啪」一聲闔起手中的書，深深吸氣後聳起肩膀，再緩緩吐氣。

她接著轉向由比濱，張開嘴巴準備說話，但聲音遲遲沒有出來。由比濱的身體朝向雪之下，眼睛卻盯著地面，沒有看向對方。

「啊，那個……小雪乃是要說……妳跟自閉男的事，對吧？」

「對，我想跟妳談談我們往後的發展——」

雪之下才剛開口，由比濱立刻打斷她。

「啊，不用啦，你們根本不需要在意我。雖然我真的很驚訝沒錯，還是該說有點意外呢……不過，你們真的完全不用在意。這是一件好事，應該要慶祝一下才對……」

「想、想不到妳真清楚……我的確想好好慶祝一下，而且……我很感謝妳。」

「討、討厭啦……人家根本沒做什麼需要感謝的事……完全沒有……」

「妳果然沒什麼自覺，不過我真的很感謝妳……再說，本來就不是因為妳做了什麼事情而需要慶祝，純粹是我個人想這麼做。」

「……嗯。」

總覺得這兩人在雞同鴨講……

她們只聽進句子裡的關鍵字，其餘部分都是靠各自的想像填補。由比濱的態度和用字都很曖昧，雪之下則淨是害羞地說些引人遐想的話，造成整段對話很不自然，只靠營造出的氣氛勉強溝通。

雪之下笨拙地表達平時說不出口的感謝，難為情地臉紅。另一方面，由比濱越是看到她那副害羞的模樣，表情越是黯淡，不時擠出笑容掩飾，忍著眼中的淚水。

「所、所以……嗯……」

雪之下開口要說些什麼，然後又陷入沉默。

這是一段相互試探、戰戰兢兢、提心吊膽的時光，如果換算成時間，可能連十秒鐘都不到，但是要再度開口之前，這段寂靜已經夠沉重。我們三人各自盯著不同的地方，勉強熬過這種氣氛。

「那、那個……」

由比濱下定決心打破僵局時——砰砰砰！一陣焦急的敲門聲響徹社辦。雪之下輕輕闔上書本，對門口說：「請進。」

然而，門外沒有任何回應，我們只聽到「咻嚕嚕嚕嚕……」的嘶聲，以及急促的喘息。

我跟雪之下對看一眼。她點點頭，要我出去查看情況。我腦中本來閃過「妳自己出去」的想法，不過讓女生去調查那種可疑的呼吸聲，實在說不過去。

我一步步走向門口，距離不明的呼吸聲越來越近。此時此刻，寂靜的侍奉社社辦中只容得下兩種聲音，一種是我的腳步聲，另一種是門外的喘息。

我走到門口時吞了一口口水，一想到這扇門的對面有個未知生物，不由得緊張起來。

我握住門把，戰戰兢兢地開啟——下一秒，眼前猛然出現一團大黑影，彷彿要撬開細微的門縫。

「嗚喔喔～～八幡A夢～～」

「原來是材木座……還有，不要那樣叫我。」

那團黑影其實是材木座義輝。六月已經過一大半，現在天氣熱得要命，但他仍然裹著黑色大衣，氣喘吁吁地抓住我的肩膀。

「八幡A夢，聽我說！他們實在太過分啦！」

才剛講過不要亂取名字，他仍無視我的抗議繼續說下去。這傢伙真是讓人火大，於是我用力把他推出門外。

「抱歉，材木座，這間侍奉社只能給三個人用。對吧，胖虎？」

「為什麼要看我……」

雪之下不悅地瞪向我，不過我不予理會。

「八幡，等一下！現在不是開玩笑的時候！如果你不喜歡八幡A夢這個名字，改叫忍者八特利也行，總之請先聽我說！」

「我竟然被最大的笑話說在開玩笑……」

真讓我有點意外。

「哼，趁現在！」

材木座看準這一瞬間的破綻，「唰～」地滑進社辦內部。他的滑壘動作還滿厲害的，不過大衣因此沾上一片灰塵。

「很好，沒有敵人……看來是潛入成功了。」

他假裝提高警覺地觀察四周，接著立刻把諜報員的設定拋諸腦後，大剌剌地拉開手邊的椅子坐下。既然要演，請演到底好不好……

「那麼，諸君，今天我有事情前來打擾。」

「雖然我不怎麼想聽……」

我們全都面露複雜的表情，雪之下甚至打開書本，完全沒有聽材木座說話的意願。妳未免轉變得太快。

但材木座只是笑著舉起一隻手，示意我閉嘴，他的種種行為都讓人看了就火大。

「先聽我說完。前幾天，我不是說要成為遊戲的劇本家嗎？」

嗯，他好像說過類似的話沒錯。

「不是輕……什麼的那個嗎？」

由比濱有些不解。

「唔……說來話長。由於輕小說作家的收入不穩定，所以我放棄了，還是進入公司工作比較好。」

「哪裡說來話長，才三句話而已。還有，雖然不是很重要，但請你別一直看著我說話。」

材木座依然不擅長跟女生說話，從剛剛開始，他說話時始終看著我。社辦內的氣氛緩和不少。更正，應該說是被潑了一桶冷水比較貼切。原本的三個人都覺得精疲力竭，唯有材木座仍然很有精神。

「唔呵，關於我說的遊戲劇本家……」

「只有設定跟大綱的話，我們不予受理。」

「唔咳咳！並非如此，而是阻撓我野心的傢伙出現了，難道是嫉妒我的才華——」

「你說什麼……」

我開始覺得憤怒。不對，我是真的生氣了。

這傢伙竟然有臉說出「才華」這種大話，我恨不得狠狠揍他幾拳。

「八幡，你知道遊戲社嗎？」

「啊？遊戲什麼？遊戲王？」

我沒聽過他說的東西，於是脫口反問。正在看書的雪之下這時翻過一頁，回答我：「那是今年剛成立的新社團，主要活動是研究各類娛樂遊戲。」

「啊？那不就是遊戲同好會嗎？」

「的確。不過這間學校只有社團，沒有同好會。雖然就實際活動和規模來說，稱為同好會比較好理解。」

想不到我們學校有這種團體……

「那個遊嬉社怎麼了嗎？」

由比濱把「遊戲」這個字念得很奇怪。材木座聽到她提問，又短暫思考一下。

「嗯……喔，好。昨天我去遊樂場玩，因為我在那裡比較有話聊，不會像在學校這樣。總之，我跟那裡的格鬥遊戲同好暢談寫遊戲劇本的夢想。」

……說得那麼好聽，其實只是一種妄想罷了，對方得聽他聊那些東西也真辛苦。

「在場眾人無不折服於我的熊熊野心，我受到滿堂喝采…『加油！我們支持你』、『不愧是劍豪先生，能夠輕鬆辦到我們辦不到的事』、『太感動了！我好崇拜你』。」

你難道不明白，沒有人跟你認真嗎？他們已經拿去當作茶餘飯後的話題了——這種話我說不出口。看到材木座想起當時的情景立刻變得眉飛色舞，我實在沒辦法戳破他的美夢。

「可是！在場竟然有一個人跟我說不不不不可能，少少少少做白日夢！我好歹是個大人，所以當場先回答他『是、是啊～』。」

材木座，那樣太難看了。

他想起那一幕，立刻燃起怒火，「呼……呼……」地喘氣。他從書包裡拿出兩公升的寶特瓶裝水猛灌，解除喉嚨的渴後繼續說下去。

「我也不是被人那樣講便退縮的大人！」

「所以你究竟是不是大人……」

雪之下不耐煩地低喃，材木座因此受到驚嚇，微微露出恐懼之色。

「所以等他回去後，我在聖靈眾的千葉討論板留下一堆戰文。哼，那傢伙絕對氣得臉紅脖子粗。」

「你真是差勁……本來還以為你會做出多帥氣的事……」

「唔，後來我發現他好像也是這間學校的學生……今天早上打開留言板一看，事情已經演變成要以遊戲對決。留言板上的人又在煽風點火……八幡，我該不會是被討厭了吧？」

「我哪知道……不過，用遊戲對決還滿好的，你好好修理他一頓不就得了？」

「哈哈哈！不可能……對方玩格鬥遊戲比我強多了。」

「咦？你不是很厲害嗎？」

「跟一般人比是不會輸沒錯，但是八幡，所謂天外有天、人外有人，你知道一流的格鬥遊戲玩家，甚至會簽職業契約嗎？」

「職業……還有那種東西啊？」

「沒錯。格鬥遊戲博大精深，也有很多是非。雖然那個男的不到職業選手的水準，程度還是遠遠在我之上。」

他後悔地說著。雪之下聽完，「啪」一聲闔上書本。

「我大概明白了。所以你的要求，是讓你在格鬥遊戲上贏過對方吧？」

「不對！唔啊！八幡你這個蠢貨！瞧不起格鬥遊戲蛤？那才不是一朝一夕就能精通的玩意兒！倒是汝知道格鬥遊戲在幹嘛的逆？」

材木座這串話混雜一堆奇怪的字詞，我完全聽不懂他想表達什麼，只知道他非常生氣。可是，真希望他也能感受到我更為強烈的憤怒。別跟我講這種話，去跟雪之下說啊，聽到沒有！

雪之下用專門留給垃圾的目光看向材木座，由比濱也發出「天啊……」的呻吟，毫不掩飾噁心的感覺。

「所以八幡A夢！我想要讓這件事情變成沒發生過，或是保證穩贏對方！趕快拿出你的道具啦～」

「我常常在思考，你垃圾的程度遠遠在我之上……」

我自己說出很垃圾的言論時並不怎麼在意，但聽見別人說出那種話，便會忍不住倒退幾步。

「嘿嘿嘿～」

材木座撒嬌般地笑著，我拚命壓抑拿椅子砸他的衝動，瞄一眼雪之下，她理所當然地搖頭。

「抱歉，我們拒絕。這件事很明顯是你的問題，沒有被捅的覺悟就不要隨便討戰。」

侍奉社並非來者不拒，我們既非可以實現任何願望的萬能許願機，也不是幫手機器人，只是幫助委託者更加努力。因此，對於自作自受的傢伙，我們不打算出手幫忙。這句話固然殘酷，但還是得好好說清楚。

下一刻，材木座閉口不再說話，大概也在反省自己的行為。

「八幡。」

他用充滿感情的聲音呼喚我，我只用眼神反問「幹嘛」，接著，他「啵」的一聲深深嘆息。等等，那真的是嘆息聲嗎？未免太奇怪。

「呼……想不到你變了。過去的你更加熱血，側臉看上去，有如拉滿的顫抖弓弦、磨利的美麗刀刃（註34）……」

「不要用假音說話，而且我哪有像你說的那樣……你究竟想說什麼？」

材木座對於我的質問，只是聳聳肩膀，「哈」地嗤笑一聲。

「唉～～沒什麼。你就繼續跟那群女生打情罵俏吧，反正我說了你也不會懂。你大可在虛假的日子中繼續打盹，這樣對你也比較好。對於忘記該如何戰鬥的戰士，說什麼都沒有用。」

「喂，等一下，我可沒有跟誰打情罵俏！而且我才沒有女朋友！啊，不過倒是曾跟戶塚打情罵俏——」

「你這小鬼，給我閉嘴！」

一句野狼般的怒喝劈頭落下，打斷我的話。

聲音在安靜的社辦迴盪過後，一陣沉默籠罩下來。在這段時間中，我依稀聽見有人低喃著：「……咦？他沒有女朋友……嗯？奇怪……」

「聽好了，八幡，我就輸給你看！到時候我再也無顏出入遊樂場，你跟戶塚氏少了帶路的人，一定會大傷腦筋！」

啊，對喔！那樣子的確很傷腦筋，這下非得想辦法讓材木座獲勝——我當然不可能這樣想。

註34　出自動畫「魔法公主」的主題曲歌詞。

「沒差，我們也不需要你帶路……雖然這樣說有點傷人，但你實在滿煩的。」

「咕呵！」

材木座發出詭異的笑聲，在場的兩名少女又偷偷把座位拉得離他更遠。這時我才發現，由比濱跟雪之下已經近到幾乎黏在一起。

……嗯，我一直認為材木座的功用是破壞氣氛、讓現場陷入混亂，原來真是如此。他不但能破壞良好的氣氛，連不好的氣氛也能破壞。

儘管這一切皆出於無心，但對當前的侍奉社而言，還是應該好好感謝他一番。而且，那麼無情地拒絕他，內心實在有些過意不去。

材木座敏銳地察覺到我心生動搖，浮現不安好心的笑容乘勝追擊。

「哼哼，看來侍奉社也不過爾爾。連眼前的人都拯救不了，還談什麼侍奉？其實你們根本辦不到吧？別只會說漂亮話，用行動證明給我看！」

「啊，你這個笨蛋……」

夏天明明即將正式發威，我現在卻感覺到背脊傳來一陣惡寒。

「……好啊，我就證明給你看。」

「噫！」

雪之下以酷寒的眼神望向材木座，嚇得他發出悲鳴。

看吧，這傢伙那麼恐怖，我怎麼可能跟她打情罵俏？

×　×　×

遊戲社跟侍奉社一樣，社辦都位於特別大樓。

不同的地方，是我們社團位在四樓，遊戲社則在二樓。那層樓裡作為辦公間的小房間，即是他們的社辦。

那個社團看起來還在剛成立的階段，門上只貼著一張用麥克筆寫上「遊戲社」的紙條。

「好，走吧……」

不知道為什麼，我們一群人全都來了。我回頭看向材木座、雪之下和由比濱，材木座得意地「嗯」一聲，還把胸膛挺得老高；雪之下的臉上不帶任何表情，也沒有任何反應；由比濱則有點尷尬地站在稍遠處。

「……妳打算怎麼辦？」

由比濱似乎是看大家都離開社辦，才一起跟上來。為求慎重，我再次確定她的意願。畢竟她雖然還算是侍奉社的社員，但已經連續好幾天沒參加社團，之後也不知是否會繼續參加。如果她已經決定要淡出，我不會勉強她繼續在這裡陪我們。

「我、我要去。」

由比濱緊抱著手臂回答。

「不過……自閉男，你真的沒有女朋友嗎？」

這個問題未免跳得太遠。我說啊，「不過」是用來表示轉折關係的連接詞，但妳的句子前後根本沒有關係。

「沒有。」

「由比濱同學，妳的問題真可笑，這個男的根本不可能好好跟異性交往。」

雪之下輕拍由比濱的肩膀，如此對她開導。

「要妳管。我才不需要什麼女朋友，我最痛恨自己的時間被人剝奪。要是晚上睡覺睡到一半，被女朋友打來哭訴的電話吵醒，我絕對會當場跟她分手。」

為什麼現實充那麼喜歡抱怨戀愛上的煩惱？那跟老年人吹噓自己全身有多少病、上班族誇口自己有多忙，根本有異曲同工之妙。沒有什麼事比假抱怨真炫耀更讓人火大。難道是美澤不成（註35）？

「哇，爛透了……」

由比濱驚愕地說道，但她的眼神不知為何在笑。

「啊，可是，你不是跟小雪乃一起出去嗎？那又是為什麼？」

「前天的貓狗展嗎？那只是剛好遇到。因為小町邀我一同參觀，我們才一起行動。我沒說過嗎？」

「是啊。不過那些怎樣都無所謂，我們快走吧。材木座沒有事情好做，已經開始在看窗外了。」

註35 指漫畫家「地獄的美澤」，代表作為《可愛大宣言》。

「啊，等一下等一下！所以你們兩個真的沒有在交往？」

「不是說不可能嗎……」

這傢伙果然誤會了……看看我們平常的相處模式，應該知道那是不可能的事才對，給我多注意一點。

「由比濱同學，我這個人也是會生氣的喔。」

雪之下毫不保留地表露出厭惡，散發出冰冷的怒氣。

「啊，抱歉抱歉，當我沒說！我們趕快走吧！」

由比濱慌慌張張地跑向前，咚咚咚地敲著遊戲社的社辦大門，但是相對於不悅的雪之下，她顯得心情非常好。

「有人～」她敲門後，裡面小聲傳來慵懶的回應。

我猜這是我們可以進去的意思。

打開社辦的門後，一堆疊得高高的箱子、書、包裹映入眼簾。這些東西如同牆壁和屏風，形成一座高聳的迷宮。

如果要用最接近的場景形容，大概是藏書狂的書齋和以前小鎮上的玩具店混合在一起的情景。

「咦？這裡不是遊嬉社嗎？」

由比濱驚訝地張大嘴巴，研究堆在身旁的箱子。箱子的包裝是以玫瑰和骷髏為設計主題，風格上較偏晦暗，而且通通寫著英文，所以八成是國外來的東西。

「總覺得不太像遊戲……」

由比濱會那樣想也不無道理。一般提到遊戲時，大多是指電玩遊戲這個類別。

「是嗎？我倒覺得很容易聯想。由比濱同學想到的，是指會發出嗶嗶啵啵聲的那種東西吧？」

「妳是老奶奶嗎？還在用『嗶嗶啵啵』形容，連我媽都會說『紅白機』……」

「那會嗶嗶啵啵地叫沒有錯啊……」

雪之下發出抗議。不過就我所知，最近的電動早已不會那樣叫了。

「不過，小雪乃看起來就不會玩遊戲。」

「由比濱同學會玩嗎？」

「嗯～～爸爸很喜歡玩，他玩的時候我都會在旁邊看。我偶爾也會玩一下馬車跟魔法氣泡，小台的話則是動物之森或牧場物語。」

小台……大概是指掌上型遊戲機。

「想不到妳玩得也挺多的。」

由比濱轉過來對我點點頭。

「啊，是、是啊……看周圍的人都在玩，自己便跟著……」

最近的遊戲開始強化社交功能，所以產生不少由比濱這種類型的玩家。

「還有新的太空戰士，畫面超漂亮、超帥的！而且劇情跟電影一樣感人，陸行鳥也超可愛──」

「呸！」

她一說出這句話，材木座立刻假裝吐一口口水。畢竟這裡是室內，他只有做做樣子……只是做做樣子沒錯吧？

由比濱見一個悶不吭聲的人突然發怒，不知該說是摸不著頭緒，還是單純視他為可疑人士。

「怎、怎麼啦，好恐怖……」

由比濱畏怯地躲到我背後，材木座繼續發動攻勢。

「……懂啥！」

「什麼？我聽不懂你在說什麼，但是聽起來真讓人不爽……」

「材木座，別跟她計較。我能瞭解你的心情，但你現在應該反向思考，享受『這東西只有我懂，其他垃圾根本不能比』的優越感而沾沾自喜。」

「喔喔，八幡，這種正向思考真不錯。」

「這種人真差勁……」

雪之下一臉受不了地說道，接著又說：

「遊戲這種東西，我根本不可能瞭解。」

「沒這回事，現在也有強尼的遊戲。」

「什麼？強尼？為什麼突然提到強尼？」

由比濱呆愣地反問。

她不知道雪之下喜歡貓熊強尼嗎？不對，那不只是喜歡，已經到必須用「狂熱」或「愛好者」稱呼的地步。

「因為——」

「比企谷同學，我聽不懂你在說什麼。」

我正要解釋時，雪之下硬是插進來打斷。

「啊？妳不是——」

「比企谷同學的話真難懂……晚一點你再仔細跟我說清楚。」

她的眼神很認真。

「喔，好……」

雪之下似乎不想讓她喜歡貓熊強尼的事曝光。

為什麼？不好意思嗎？既然喜歡到那種程度，應該要感到驕傲才對吧？不過，又要我晚一點跟她說清楚。明明那麼害羞，不想讓人發現自己喜歡強尼，卻又很想知道強尼的相關情報嘛。

不行，我完全不懂她害羞的標準在哪裡。

反正這也不是什麼天大的消息。再說，如果自己喜歡什麼東西被人到處宣揚，我也會覺得不太舒服。為什麼小學生有了喜歡的對象，便會馬上到處宣傳？

倒是由比濱仍一臉不可思議地喃喃說著：「強尼？」似乎不太明白的樣子。

「話說回來，他們的社員到底在哪裡？」

「啊，對耶，剛才明明有聽到聲音……」
由比濱聽雪之下這麼問，也把心思轉移到尋找社員上。雪之下這一招真高明。社辦的大小即為辦公間的大小，所以絕對稱不上大，只是因為這裡堆滿箱子，書架又隨意擺放，才讓我們沒辦法看清楚。
「哼呵，待得越久的地方，堆積的遊戲和書籍自然會越堆越高，因此，只要往最高的地方走，自然能找到他們。」
「喔，材木座真聰明！不過你難得說出一句中用的話，也應該說給其他人聽啊。」
只會跟我一個人說話，未免太悲哀。
總之，我們聽從材木座的建議，朝堆得最高的那座塔前進。
那裡疊起一座阻隔用的書堆和箱子，我們看不到對面，不過確實有聽見聲音。
我們繞過去，看見兩名男子。
「不好意思打擾你們，我們有事情想談一下。」
我開口後，貌似遊戲社成員的兩人彼此對望，接著點頭同意。他們一直盯著我，不過我敢保證雙方是初次見面。如果突然出現一個陌生人，的確會多看對方幾眼。
於是，我也直直盯著他們以示回敬，這時才發現他們的室內鞋是黃色的，代表他們是一年級的學生。
「唔，你們是一年級的嗎？」

材木座一發現對方的年級比較低，立刻囂張起來。我並不討厭這種翻臉如翻書的態度。雖然我很討厭別人拿上下關係或資歷欺壓自己，但如果自己變成受惠的一方，則不在此限。

那麼，我也跟材木座一起囂張一下。這是為了在談判時占據心理層面的優勢，絕不是因為我的個性如此差勁。

「喂，你們是不是說了什麼瞧不起材木座大哥的話啊？幹得好！再多說一些！」

「咦？八幡A夢，你在說什麼！」

材木座朝我投以求救的視線，但一點都不可愛。即使你的年紀比他們大，立場上依舊站不住腳。

「……你們還在玩什麼？請快點進入主題。」

雪之下冷冷地瞪過來。

兩個一年級學生看到她，立刻開始交頭接耳。

「她不就是二年級的雪、雪之下學姐……」

「好、好像是……」

喂，真的假的？雪之下那麼有名啊？也對啦，她乍看之下的確很不錯，全身上下又充滿神祕感，即使受到不同年級的學生歡迎，也沒什麼好訝異的。我讀國中時，也知道幾個很可愛的高年級學生，不過僅止於名字。

「嗯……你們找這個男的有事吧？」

我連叫都不用叫，材木座就自己站出來。

「呼哈哈哈哈！我等好久啦！昨天你們說出那種大話，現在後悔已經來不及了！身為你們人生的前輩，以及學校裡的學長，讓我好好教訓你們！」

他刻意把「前輩」和「學長」這兩個詞念得特別重，藉以幫自己助威。不過，遊戲社的兩人沒什麼反應。

「喂，剛剛說的人就是他嗎？天啊～～真難看～～」

「沒錯吧？是不是很糟糕？嘻嘻嘻……」

材木座聽到兩人嘲笑般的對話，不禁產生動搖。

「咦？八幡，我剛才是不是哪裡很奇怪？」

「放心，你又不是只有現在才奇怪。」

見他逐漸回復本性，我拍拍他的肩膀，把他推向後方。

「我們是侍奉社的成員，簡單說就是煩惱諮商中心。聽說材木座跟你們有些摩擦，所以要來幫忙解決。所以……跟他產生摩擦的是哪一位？」

我一派輕鬆地問道，其中一個社員怯生生地舉起手。

「喔，是我。我是一年級的秦野。這位是……」

「一年級的相模。」

名叫秦野的學生體型偏瘦，而且有些駝背。他戴著無框眼鏡，鏡片呈現略為銳角的梯形，整體帶有一種銳利感。看來他的著眼點也很SHARP（註36）。

另一個名叫相模的人皮膚白皙，身材也很瘦，有種國中生的感覺。他戴的眼鏡鏡片較有弧度，散發出為下個時代帶來新意的Inspire the Next風格（註37）。

反正我不打算記住他們的名字，姑且用眼鏡區別。

「聽說你們要用遊戲跟他對決，不過你們玩格鬥遊戲很強吧？這樣一來，不用比賽勝負便非常明顯，要不要比其他項目？」

我自己都認為這個要求很為難對方，好比對足球選手說「先別管這個了，我們來打棒球吧」。站在對方的立場，他們當然不願意失去自己的優勢。

不用說也知道他們面露難色，沒有點頭即代表委婉的拒絕。

「不然，至少換其他遊戲如何？反正這裡還有很多遊戲。」

我指向附近的遊戲堆。

「這樣的話……」

「是無所謂啦……」

他們說得很保守，不過態度充滿自信。我可以感受到，他們篤定自己在遊戲方面絕不會輸人，畢竟「遊戲社」可不是喊假的。

「不過，既然要改比其他遊戲，你們是不是也要……」

註36 出自夏普公司的企業標語。
註37 出自日立公司的品牌策略。

秦野如此暗示。

有道理。既然對方願意讓步，要求相對條件以維持公平也是理所當然的。我點點頭，提出這樣的建議：

「那麼，材木座對你們下跪道歉可以嗎？如果我們輸了，我會負起責任，要他為自己做得太過火一事向你們道歉。」

事情已經越來越複雜，所以直接這麼辦吧。材木座還天真地問「咦？是我道歉嗎」，但他根本沒有權利拒絕。

「嗯，是可以啦……」

兩名遊戲社的社員回答得很含蓄，不過還是答應了。

「那麼，由你們決定要玩什麼遊戲。不要選太困難的，高門檻的遊戲對新手玩家不友善，跟玩格鬥遊戲沒什麼兩樣。」

事實上，格鬥遊戲不再像過去那樣熱門的理由，正是在於新玩家不好上手。即使在遊樂場找到想玩的遊戲機台，大多也被ＧＧ眾（註38）或更老的格鬥遊戲玩家占領，根本沒辦法加入；若是坐上機台，只有被慘電的份，導致遊玩興致大大降低。因此，我建議遊樂場最好另外開闢新手專區。

「那麼……我拿大家都會玩的遊戲做點變化。」

「嗯，說吧，是什麼？」

註38　格鬥遊戲「聖騎士之戰（Guilty Gear）」的英文簡稱。

材木座問道，兩名遊戲社的成員不約而同地推一下眼鏡。

「我們來比雙人版的大富豪。」

他們的口氣很正常，眼鏡鏡片卻閃過異樣的光芒。

× × ×

撲克牌發出「唰、唰」的洗牌聲。

「大富豪」也叫做「大貧民」，是一種紙牌遊戲（註39）。

「請問一下，各位都會玩大富豪吧？」

秦野委婉地提問，我們幾乎都點頭，唯有雪之下歪頭表示不解。

「我會玩撲克牌，但沒玩過這種遊戲。」

「那麼我說明一下規則。」

相模簡單地介紹遊戲規則。

「第一，把所有牌平分給所有玩家。」

實際情況是根本不會平均分配。

「第二，由莊家開始出牌。莊家從自己的牌組出牌後，大家再依序跟牌。」

實際情況是大家經常忘記輪到我，大剌剌地插隊。

註39 遊戲規則類似「大老二」。

「第三，牌面有分強弱。從小到大是3、4、5、6、7、8、9、10、J、Q、K、A、2。鬼牌是萬用牌。」

現實世界並非只看能力，孰強孰弱是由關係跟財力決定。

「第四，玩家只能出比上一家更強的牌。如果上一家出兩張，玩家必須跟著出兩張。」

現實世界是明明知道贏不了，還拚命把弱者推上場，例如被犧牲掉的棋子或活祭品或公開處刑。

「第五，無牌可出時可以喊Pass。」

真實人生可是沒辦法喊Pass。

「第六，其他玩家都喊Pass，再度輪回原本出牌的人時，那個人即成為莊家，場上的牌也全部失效。」

但真實人生無法讓過去變得沒發生過。

「第七，重複以上步驟，最先出完手上所有牌的玩家成為大富豪，第二名以下的階級依序為富豪、平民、貧民、大貧民。」

只有這一點跟現實世界相同，真令人鬱悶。

「大富豪可以抽走大貧民最好的兩張牌，用自己不想要的牌交換。」

總而言之，獲勝的人將更占優勢。這個遊戲完全反映出現代日本層層壓榨的文化……唉，真是討厭的遊戲。

「原來如此，我大概明白了。」

雪之下點頭，表示已經從這些說明中充分理解遊戲規則。她的理解能力還是一樣驚人。

「等一下，地方規則該怎麼辦？」

「這個嘛……」秦野輕浮地回答材木座的提問，他被看不起了被看不起了～

「現場有新手玩家，我看用最具代表性的規則就好。千葉規則怎麼樣？」

「不好意思，請問那大概是什麼樣的規則？」

相模有點擔心地發問。奇怪，大家不懂什麼叫做「千葉規則」嗎？

算了，無妨，我大略說明一下。

若說地方規則乃影響大富豪勝敗的最大關鍵，可是一點也不為過。各個地區從基本規則發展出五花八門的地方規則，互相組合搭配，讓這個遊戲變得更加講求策略。

「嗯……可以革命、8切牌、10丟牌、3最大、11革命，沒有失勢、鎖定、階梯，鬼牌也不能留到最後出。」

「啊，我之前的學校也差不多是這樣的規則。」

「嗯……沒有5跳過跟7送牌嗎……」（註40）

註40 「5跳過」為上家出數字5的牌時，下家將跳過一輪無法出牌；「7丟牌」為玩家出幾張數字7的牌，即可任意挑出相同數量的牌給其他玩家。

這些規則不僅各個地區相異，有時連不同的小學都有不同的玩法。長大後跟人玩大富豪時，經常會因為這些地方規則發生爭執，所以在遊戲開始前，最好先跟大家討論清楚。有時甚至會為了遊戲名稱是「大富豪」還是「大貧民」而吵得不可開交，跟要玩「捉迷藏」還是「躲貓貓」一樣。

「比企谷同學，解釋一下。」

哎呀，差點忘了。從剛才的討論開始，我一直以大家都聽得懂為前提，但雪之下完全沒玩過這個遊戲，所以我一一解釋給她聽。

一次出齊四張不同花色、相同數字的牌時，可以發動「革命」，倒轉牌面數字的強弱關係；「8切牌」的意思，是玩家出數字為8的牌時，先前堆疊的牌將全部失效，由該玩家擔任新的莊家重新開始；「10丟牌」代表玩家不論出幾張數字為10的牌，即可任意丟棄相同數量的牌；實施「3最大」的規則時，黑桃3的強度高於鬼牌；「11革命」則是出數字為11的牌時，該輪內的牌面數字強弱將倒轉。

雪之下聽著我的說明不時點頭，但如果不實際玩一次，還是很難領會。直接實戰終究是最快的學習方式。

「我們接受你們提出的地方規則。」

「因此，也請你們接受我們提出的雙人版大貧民規則。」

他們的眼鏡再度閃過光芒。

我感受到一股難以形容的壓力，偷偷倒抽一口氣，但是下一秒，他們立刻換上爽朗的笑容。

「其實，基本規則都跟一般的大富豪相同。」

「差別在於要兩兩一組進行遊戲。」

「分組？所以兩個人可以討論好再出牌嗎？」

聽到我的問題，他們很有默契地同時搖頭。

「不是，而是每一輪要由不同的人輪流出牌。」

「此外，兩人間不可以討論。」

……這樣一來，不僅得猜測對手的意圖，還得猜測同組的人在想什麼。這場比賽意外地講求戰略性啊……所以說，如何分組將是影響勝負的一大關鍵。

我稍微瞄向旁邊。

「呵、呵、呵，你別以為贏得了我……」

真不想跟他同一組……

「最強的牌是鬼牌……我瞭解了。那麼8之後還能不能出鬼牌呢？」

雪之下複誦遊戲規則，以確認自己的理解無誤。儘管她的能力很強，但從來沒玩過大富豪。話說回來，要想參透她的想法本來就非常困難，而且萬一輸了，肯定會被罵到體無完膚。

所以，只剩下由比濱……她玩過大富豪，知道的地方規則也跟我差不多。最重要的是，她的想法意外地單純，很容易猜測。

於是我看向由比濱，打算跟她同一組。同一時間，她也跟我對上視線——

「小、小雪乃，我們兩個一組吧！」

結果她迅速移開視線，緊抓住雪之下的肩膀。

「咦？喔，好啊。」

唉，果然會變成這樣。

由我挑選隊友這點根本就搞錯了。明明是個沒有人要的傢伙，還妄想自己挑選隊友，簡直是天大的笑話。

雪之下和由比濱湊成一組後，我的隊友自然跟著決定，兩個總是落單的傢伙再度同組。材木座也很清楚這一點，他移動到我面前，用背影對我說：

「八幡，你有辦法跟上來嗎？」

……我反而希望你能把我拋在後頭。

× × ×

秦野迅速把桌面清理乾淨，相模另外搬來三把椅子。

戰鬥的舞台於焉成形。

第一輪由我、相模、由比濱坐在桌前。遊戲規則是一個人出牌後立刻離開，換另一個隊友上場，所以同組的人直接站在我們身後準備。我不清楚遊戲社兩人的策略，不過由比濱那組由她先上場，應該是因為雪之下對這個遊戲還不熟悉。

相模洗好牌後，一張張地把牌發給我們。整組牌是五十四張，所以每人各自拿到十八張牌。

「那麼，現在開始進行遊戲社和侍奉社的雙人版大貧民對決。比賽共進行五個回合，勝負由最終回合的結果決定。」

秦野宣布完後，大家拿起面前的十八張牌攤成扇形。

「嚴格說來，這是一場二對一的比賽，所以由我們先出牌。」

相模說得很含蓄，他的手倒是理所當然地抽好一張牌。沒差，反正最後只要我跟材木座這組，或雪之下跟由比濱那組獲勝即可。如果兩組共同合作，將是最好的策略。既然如此，讓對方先出牌也很公平。

第一輪順利結束。

大家一開始仍在觀望，想當然耳地皆有出牌。

「哈哈哈哈哈！永遠都是我的回合！抽牌吧！怪獸卡！」

只有材木座一個人吵得要命。

「看我召喚梅花10！成功召喚梅花10時，根據卡片效果，可以挑選一張牌送至墓地。我覆蓋十五張牌，結束這一回合。」

一句句熟悉的台詞，不停撼動我的往昔記憶。

「真是懷念……以前我也很常玩殘局決鬥。」

「殘局決鬥？我第一次聽到這個詞彙。」

雪之下好奇地問。

「類似詰將棋，因為我沒有朋友。」

「那不是給沒朋友的人玩的將棋……」

咦？不是嗎？我還以為那是給一個人玩的。

「我也經常準備兩副牌組這樣玩。雖然身上時常帶著ＭＯＺ召喚王跟魔法風雲會，但從來沒有一起玩的對象……」

材木座突然消沉下來，把撲克牌交給我。ＴＣＧ（交換卡片遊戲）這種遊戲，本來便是設計給多人遊玩的，如果沒有一起玩的朋友，自然享受不到它的樂趣。不過，GAME BOY上也推出這種遊戲，所以我跟電腦對戰的經驗相當豐富。

吵鬧的材木座不再開口後，一陣沉默籠罩下來，現場只剩下抽起撲克牌，然後放到桌上的聲音。

遊戲順暢地持續好幾輪，多虧有10丟牌和可以出三張牌的規則，我們手中的牌數順利地減少。

目前各組剩餘的牌數如下：我們剩兩張，由比濱那組剩三張，遊戲社則意外地還有五張。

雖然雙人版大貧民是他們提出來的遊戲規則，我卻感受不出那兩人有多厲害。他們的策略很單純，從弱的牌開始按順序出，看來我們能輕輕鬆鬆獲勝。

由比濱出一張黑桃6，我出保留已久的紅心8，接下來只剩最後一張。

「材木座。」

「嗯。」

我蓋上最後一張牌，把位子讓給材木座。他一屁股坐下，高聲宣布「輪到我了」，但不用他說大家也明白。

「勝負已定！翻開覆蓋的陷阱卡——Check Mate。」

他得意地把最後一張牌放到桌上。

接著，雪之下選擇同樣保留已久的黑桃2，遊戲社喊Pass之後，她立刻把剩餘的兩張牌交給由比濱，讓由比濱直接放到桌上。

第一回合結束，侍奉社分別獲得第一和第二名。

「哇！哈！哈！哈！你們根本沒什麼了不起嘛！怎樣？知道我的厲害了嗎？」

材木座叫囂著，好像獲勝都是他自己的功勞。被這種人挑釁想必很不是滋味，我轉而觀察遊戲社的反應，他們卻不怎麼在意的樣子。

「哎呀～奏野，我們輸了呢～真糟糕～」

「是啊，相模，我們太大意啦～」

雖然嘴巴這麼說，我卻看不出他們像是陷入危機的樣子，反而很樂在其中。這兩人到底在想什麼……

我一邊覺得可疑一邊繼續觀察，接著，他們露齒一笑說：

「真傷腦筋～」

「傷腦筋啊～」

「『誰教輸的人得脫衣服。』」

他們說完，立刻像準備變身似地迅速脫掉背心。動作是很帥氣沒錯，但那可是變態的行為。

「啥？那是什麼規則？」

由比濱拍桌抗議，但遊戲社的兩人依然掛著不懷好意的笑容。

「嗯？玩遊戲輸的人要脫衣服不是常識嗎？」

「沒錯沒錯，玩麻將跟猜拳時，輸了也會脫衣服。」

亂講，誰說猜拳猜輸就要脫衣服啊，那明明是野球拳。不過，麻將打輸的人是要脫衣服沒錯。

「那麼，進入第二回合吧……」

「等、等一下！聽我說話！」

秦野迅速收回紙牌開始洗牌，然後一張張發出去，絲毫不理會由比濱的制止。

「小雪乃，我們回去，跟他們玩這種遊戲真是太愚蠢了！」

「是嗎？我並不介意，反正只要獲勝即可。再說，既然是比賽，本來就有一定的風險。」

「咦咦咦～～人家不要啦！」

「不用擔心。雖然這個遊戲的地方規則多到容易令人混淆，但牌面數字的強弱是固定的，所以基本戰略不會改變。牢記大家出過的牌，再推測對方可能剩下什麼，應該不至於輸掉比賽。而且，終盤也有固定幾種獲勝方式，從剩餘張數並不難推測出來。」

「或、或許吧……唔唔～～」

由比濱含著眼淚呻吟，但現在她只能依賴雪之下，既然雪之下決定繼續參賽，她也沒辦法多說什麼。

該不該勸退她呢……雖然我不認為雪之下會乖乖聽我說話。

「來吧，快！快點進入下一局！」

我還沒得出結論，材木座便已坐上位子，從秦野那裡接過撲克牌。

「好，我們開始吧。」

雪之下也拿起散在桌上的牌攤開，由比濱悶悶不樂地站在她身後。

「那麼，首先是交換牌。」

秦野抽出自己的兩張牌交給材木座。

「大富豪」有一項規則：從第二局起，成為大富豪跟大貧民的人要交換撲克牌。大貧民必須拿出手中最強的牌，讓大富豪任意交換。

秦野拿來鬼牌跟紅心2這兩張很好的牌。

「嗯……」

材木座也滿意地抽出兩張牌交給他。

那兩張是黑桃K跟梅花Q。

「啊？等一下，你在想什麼！為什麼不挑弱的牌！」

我質問材木座，但他只是靜靜閉上雙眼，用低沉的聲音回答：

「……這是……武士的同情。」

這傢伙……根本只是想看女生的裸體……

遊戲社的兩人接過撲克牌，得意地笑著。

——原、原來如此，我懂了！

因為比賽隊伍分為男女生，輸了要脫衣服的規則會讓隊友之間出現摩擦，真是高明的心理戰！

……這些人是傻瓜嗎？

× × ×

我本來以為那兩人只是傻瓜，但是他們從第二局起，有如變成不同的人，開始採取五花八門的戰略。

秦野不懼風險，大膽地直接出三張牌。

相模活用特殊牌的效果，快速減少剩餘的張數。

他們每一輪都使出眼花撩亂的戰略，有效消耗手中的牌，逐步邁向勝利。我們完全無法預測他們的下一步，不知不覺中，對方只剩下兩張牌。

我跟雪之下她們也努力追趕，一張一張地出牌。雪之下那組總算剩下兩張，我們這裡則還有四張。

由比濱舉著右手下不了決定。她站在攸關勝敗的分歧點上，心裡一定正想著該如何取勝。

「這、這張。」

最後，她決定打出留到最後作為王牌的梅花2。

好在兩張鬼牌都在我們手中，只要我現在壓著不打，讓雪之下出最後一張牌，贏得這一局即可。

很好，這樣一來便沒問題——誰知道，半路竟然殺出程咬金。

「哎呀，腳滑了！」

材木座猛力倒過來，讓我手中的一張牌彈飛出去。那張牌正是鬼牌。

「啥！喂，中二！小心我宰了你喔！」

由比濱激動地起身恐嚇材木座，但他只是在一旁吹口哨。你想要那樣裝傻蒙混過去嗎……

下一輪材木座得意地出黑桃3，秦野接著出一張8，最後再由相模打出黑桃A，拿下這局的第一名。

局面發展至此，我跟雪之下、由比濱那組勢必有人得脫衣服。

目前場上的牌是黑桃A，雪之下無奈地選擇Pass。

於是又輪到我出牌。

「八幡，我的……不，我們的夢想，都寄託在你身上……」

材木座用力握住我的肩膀，我感受到一股熱意。他泛起一抹戰士赴死時的沉靜笑容。

等一下，你是不是忘記輸了就得下跪道歉啊……

我背負材木座的殷殷企盼，掀開牌組——黑桃4跟鬼牌。

秦野舉起拳頭，彷彿在無聲地吶喊：「我們是夥伴吧！」

相模輕輕垂下視線，握住雙手靜靜祈禱，我依稀聽見他小聲念著：「神啊……」

在這之前，我曾經受過這麼多人期待嗎？從來沒有。

這一瞬間，我確實感覺到羈絆的存在。

「喔喔！」我的手指觸到鬼牌時，站在後方觀察的材木座興奮起來。

秦野和相模跟著起身，身體往前傾，準備見證分出勝負的一刻。

不知道是誰輕聲發出低呼。

「八・幡・八・幡・八・幡……」

原本細微的呼聲漸漸熱烈起來，我覺得自己好像奧運的馬拉松選手，領先在最前頭奔回體育場。這幅場景充滿熱情與感動。

另一方面，雪之下則用讓人冷到骨子裡的視線看過來，由比濱也閉緊嘴脣發出嗚嗚聲，含淚瞪向我。

然而，遊戲社的兩人和材木座完全不以為意，持續發出熱切的呼聲。狂熱、混亂、混沌、熱情……等一下。

某股衝動在我的體內沸騰，再也無法抑制，我忍不住大笑。

「呵……哈！哈！哈！哈！哈！」

在場的所有人聽了，都屏住氣息。

「Pass……」

下一秒，我悄聲喊道。究竟有多少人聽到呢？

經過一陣短暫的沉默──

「我啊，最討厭這種用男女生脫衣服的處罰炒熱氣氛的活動！甚至恨之入骨！那根本是腦袋有問題的大學生去喝酒時才會做的事！」

連空氣都在我的聲音之下產生震動，接著又是一陣靜默。這時，雪之下嘆一口很深很深的氣。

「笨蛋，真是大笨蛋……」

在她摻雜著驚訝的嘆息之後，換成另一陣激動的咆哮。

「八幡！你到底在想什麼！這可不是什麼遊戲！」

材木座用力揪住我的胸口。

「材木座，先冷靜下來。你說的沒錯，這才不是什麼遊戲。」

「唔？那句有點帥氣的台詞是什麼意思？」

我無視他的疑惑，視線轉向一旁。

「喂喂喂，現在要怎麼辦？那個學長真不識相……」

「是啊，一點也不會看場面……」

秦野跟相模兩個人正互相說著悄悄話。

「非常遺憾，你們的計謀對不識相又不會看場面的我來說是行不通的。」

「八、八幡，你說什麼計謀？」

「輸了必須脫衣服的規則，不是單純想讓對方脫衣服。這是他們的心理戰，打算利用分成男女兩組這一點讓我們起內鬨。」

沒錯。多了脫衣服這一條規則，我、材木座以及雪之下、由比濱這兩組之間會萌生猜疑。如果男生組選擇背叛，便是中了遊戲社的圈套；即使沒有背叛，遊戲社也可以破壞我們之間的信任關係，甚至讓我們因為壓力而出現疏失。這是他們的雙重計謀。

「原、原來是這樣……啊！這麼說來，我曾經聽聞過，用三次元女性當誘餌，巧妙施加幻術招致內亂的傾國祕技，其名之『美人計』！呼～好險好險，三次元果然是個險惡的領域。」

「嗯……算是吧，大致上都吻合。」

實際上真的有中了美人計的大人。

不管怎麼樣，如果照剛才那樣繼續下去，雪之下跟由比濱會心生猜疑，我跟材木座也會失去默契。

到時候她們決定棄權的話，我們必輸無疑。

不只要讓同組成員產生內鬨，還要讓不同組的成員不合……遊戲社真是可怕。

可是，他們的陰謀只能到此為止。

我不屑地往秦野瞪過去。

「而且，你還打算運用集團心理煽動我對吧？」

「唔！被發現了嗎？」

「本來看你是個沒什麼個性的人，還以為很容易上鉤……」

相模這句話有點傷到我的心。

我對他們用力一指，如此高聲宣言：

「集團心理對我沒有用！因為……我總是被集團排除在外！」

「…………」

「…………」

他們偷偷別開視線，臉上露出複雜的笑容，感覺對我半是可憐半是同情。不論如何，我徹底被他們當成可憐的傢伙。

「咳、咳，總之，你們那一招已經沒用了。」

我乾咳幾聲掩飾尷尬。他們聽到後，彼此對看一眼。

「這樣啊……看來我們也得認真起來才行……」

「遊戲到此結束，請做好覺悟吧……」

他們的話中伴隨低沉的笑聲，我感覺到一陣戰慄。

……這裡明明是遊戲社，卻不玩遊戲嗎？

× × ×

遊戲社的人說要認真起來，並不是隨口說說而已。

他們的戰術比第二回合更凶狠，攻擊毫不手軟。在強烈的連續猛攻下，我們面臨極大的威脅。他們晉升為大富豪階級，遊戲一開頭便占據上風，而且總是在勝負關頭用鬼牌和2等強的牌對付我們。

我們兩組在第三、第四回合皆吃敗仗，我已經脫掉襪子跟上衣，現在只好不情不願地把手伸向褲子。這樣一來，我只剩下最後一道防線（我最愛的內褲）……

「唔呼，我終於得脫掉這件大衣嗎……」

至於一旁的材木座，則老大不甘願地脫起大衣。在這之前，他已經脫掉襪子、半指手套和力量護腕，褲子和上衣依然健在。

……怎麼覺得好不公平，為什麼只有我剩下一條內褲……

「可惡……」

我含著淚水，盡可能小心翼翼地脫下褲子。這時，我突然覺得有人看過來，於是把視線轉到那個方向，發現由比濱沒什麼精神，滿臉盡是歉疚。

我們兩人對上視線。

「……怎麼啦？不准看，不准對我的肉體好奇。」

「什、什麼？人、人家才沒有看！也不可能好奇！你是白痴嗎？」

她拍桌大聲怒吼。等一下，妳用不著氣到整張臉都紅起來吧？我只是開玩笑，開玩笑而已。

由比濱突如其來地對我威嚇，但她的語氣越來越弱，視線也落到地上。

「那個……抱歉，謝謝你。」

「……沒什麼。我沒有理由接受道謝，只是做自己想做的事罷了。」

「唔，但用那副模樣說這種話，只會讓人覺得你在公開自己是變態。」

材木座忍著笑意說道。

你這傢伙，少給我多嘴……

啊，對了，從我脫掉衣服開始，雪之下小姐便當作我這個人不存在，完全不看這裡一眼，徹底無視我。真不簡單。

× × ×

現在大家都拿到最終回合的撲克牌。

我只剩下最後一條內褲，所以這是一場說什麼都不能輸的戰鬥。而且，和電視上經常會這麼說卻不知為何總是輸掉的「絕不能輸的戰鬥」可不同。

「好……這一場絕對要贏……」

我本能地繃緊神經，全身充滿幹勁。

「咻～～只穿一條內褲的人還說得那麼帥氣！」

材木座爆笑出聲。我看向四周，遊戲社的人跟由比濱也拚命忍笑，連雪之下的肩膀都在抖動。

大家都好過分。

「喂，材木座……」

我確實感到怒氣上沖，抖動著嘴角叫他的名字。

材木座察覺到我的怒氣，刻意乾咳幾聲。

「好啦，冷靜下來。遊戲就是應該好好享受，放輕鬆一點。」

「我說你啊……」

竟然說得頭頭是道……我正打算回敬他一句，不，是五句時，旁邊傳來嘆氣聲。

「原來如此，你是站在那樣的立場啊。」

我花了一些時間，才發現那是秦野的聲音。那句話充滿攻擊性，跟先前平和、有些怯弱的語氣明顯不同。

「該怎麼說呢？那就是所謂的『使用者觀點』吧。雖然不是什麼壞事，不過自始至終都抱持那種觀點，實在是……」

相模在一旁幫腔。他說得拐彎抹角，但語氣彷彿是瞧不起對方。

「唔……」

材木座正打算開口，但一看到他們的表情頓時停住。他們的臉上很明顯寫著「輕蔑」兩個字。

秦野嗤笑一聲。

「無妨，反正都要結束了。」

「趕快進入最後一回合吧。」

「啊，好。」

我們按照相模的指示，站上各自的戰場。

我們這組由材木座先出牌，首先是跟遊戲社交換牌。

秦野挑選撲克牌時，似乎也在思考要說什麼。他拋過來兩張牌，趁材木座伸手拿取時開口：

「……劍豪先生，你為什麼想做遊戲？」

聽說「劍豪先生」是材木座在遊樂場中使用的名字，我怎麼聽都覺得是「劍豪先生（笑）」。

材木座抽出手中的兩張牌滑出去，忘記拿取對方給的牌。

「哼，因為我喜歡。想把自己喜歡的事情變成工作，是理所當然的事。而且成為遊戲公司的正式員工，生活也可以安定下來。」

他沉著地回答對方的問題，但最後還是洩漏出真心話。

「哈！因為喜歡是吧？最近出現很多這種人，以為只要這樣便能成功，我看劍豪先生也是其中之一。」

「你到底想說什麼？」

材木座被那句話激怒，一氣之下將最初的兩張牌往桌上一拍，粗魯地站起身，把牌交給我。

接著，雪之下同樣出兩張牌。

「我只是說，你把夢想當成藉口來逃避現實。」

「有、有什麼證據……」

材木座說到這裡突然語塞，相模利用這時候出牌，填補現場的沉默。

現在大家都兩張兩張地出牌，正是減少牌數的好機會。我攤開手中的十四張牌仔細研究……咦？十四張？

我發覺數量有少，低頭檢查是不是有牌掉到桌下，果然在那裡找到兩張牌。大概是先前材木座忘記把對方給的牌放進牌組中，剛才粗魯地起身時又撞到桌子，那兩張牌才會掉下去。

我撿起來放進牌組，其中一張是方塊4。

另一張是第四個6……可以發動革命。

不過，現階段最好先留著。

如果要發動革命，只能等遊戲中盤後，輪到我們當莊家時再發動。

我大致在腦中盤算好後，抽出數字更大的兩張牌放到桌上。

由比濱和秦野繼續跟進，目前已來到兩張A，很難再出更大的牌。大家喊Pass之後，輪到相模出牌。

「你真膚淺呢，劍豪先生。我不是要重複剛才的話，但那樣叫做『使用者觀點』，僅止於一介玩家的想法。你只是看到表面，沉浸在自我的世界中。」

喔喔，真是銳利的批判，再多說一些！

我忍不住想支持相模，雪之下似乎也抱持相同的看法，默默地點頭。

「咕唔唔唔……」

材木座忍住怒火交棒給我。我接過撲克牌後，不多說什麼又照順序出牌。材木座受到相當大的精神傷害，連剛才玩不膩的決鬥遊戲都停下來。

接下來換雪之下出牌。

秦野瞄一眼她放到桌上的牌後，嘴角浮出冷笑。

「連遊戲是什麼都搞不清楚便想做遊戲，不覺得很可笑嗎？最近有一堆年輕的遊戲製作者也是如此，只玩過電視遊樂器便大肆宣揚要做遊戲。他們只有那一千零一種想法，缺乏創新能力，根本沒好好培養激發新概念的土壤。只因為喜歡，是沒辦法做出遊戲的。」

他「碰」的一聲把牌拍到桌上，加強自己的氣勢。

「咕唔唔唔～～」

材木座開始呻吟。

接下來的好幾輪，都呈現有利於遊戲社的局面。

現在輪到材木座。他正在頭痛該如何出牌時，相模再度開口：

「劍豪先生，想必你沒有什麼擅長的事物好炫耀吧？那只是把一切都寄託在遊戲上頭罷了。」

材木座拿這句嘲諷完全沒轍。他悔恨地把牌交給我，暗示這一輪不出牌。

輪到我坐到椅子上。

相模剛才說的那番話，不斷在我耳際迴盪。

其實也只是因為他以取笑中二病為樂這點，讓我很想鼓掌叫好。那模樣宛如疲累的大人喘著氣，告誡做夢的少年現實有多嚴峻。

大家全都沒出牌，所以目前是遊戲社當莊家。

秦野悠哉地拿出一張、兩張、三張K。不用說，我們根本沒辦法跟牌，雪之下也一樣喊 Pass。

「對了，劍豪先生，你喜歡什麼電影？」

「我想想……『魔法——』」

「啊，不包括動畫。」

「嗚！」

對方禁止列舉動畫的瞬間，材木座立刻閉上嘴巴。呵呵，被戳到要害了。不過要是換成我回答這個問題，而且同樣不能說動畫作品，大概也想不到什麼。真要說的話就是「終極追殺令」，因為我想收留一個小女孩。

相模嘲笑般地把那堆K撥到一旁，重新出牌。

「你看，果然說不出來吧？那有沒有喜歡的小說？」

「……嗯，最近我喜歡《我女友——」

「輕小說除外。」

「嗚咕！」

材木座再度被堵住嘴巴，漂亮地咬到舌頭。他大大仰起頭盯著天花板，遲遲不轉回來，活像吃了一記對手的上鉤拳。

他勉強從座位上站起，身體搖搖晃晃，而且滿臉憔悴。你是最近因為一點小事就崩潰的年輕人嗎？

遊戲社的兩個人輕蔑地看著他。

「到頭來，你只是個冒牌貨，連娛樂文化的本質都不瞭解。我們可是從遊戲、娛樂文化的起源開始研究。像你這種半吊子的人還敢說要做遊戲，我們看了都覺得丟臉。」

如同秦野所說，這間社辦裡堆滿各種遊戲。

塞滿紙盤遊戲的箱子一個個堆疊起來，旁邊還散落著貌似桌上型RPG用的骰子。我能夠輕易想像，他們面對遊戲的態度有多認真。

相較之下，材木座根本不可能玩那些東西，只會對可愛的角色嘿嘿傻笑……

他這種人沒有半點勝算。輸掉遊戲、被對方狠狠臭罵一頓，都是理所當然的。

然而，我還是有點不高興。

我不介意他們把材木座當成白痴，也對他們否定材木座的行為沒有意見。可是，他們說的那些話，絕對哪裡有問題。

但我現在無法掌握，究竟是哪裡讓我不高興。

遊戲即將進入尾聲，遊戲社剩下五張牌，雪之下那組是六張，我們則是八張。

儘管在數量上相差不遠，但剩下哪些牌大不相同。遊戲社握有跟我們交換的鬼牌，越到最後關頭，初期拿到的牌有多強，越會對戰術造成影響。

由比濱認為時機已經成熟，對雪之下使一個眼色後打出三張牌。到了這個節骨眼，自然不會有人跟進。

雪之下接過剩下的牌，坐上座位。

「聽過雙方的談話後，我認為遊戲社比較有道理。比企谷同學，你如果真為材、材……為他著想，應該為他指引正確的道路。」

她對我露出試探的笑容，然後出牌。遊戲社的人跟進。

雪之下說的沒錯。如果材木座真心想成為遊戲劇本家或輕小說作家，就必須好好努力。

並非把自己的妄想全部照實寫下，再得意地稱之為「我想出的最強設定」即可。有許多方式供他精進自己的能力，例如鑽研好萊塢的劇本寫作法、參考優秀的作品等等。

我們應該不吝於稱讚秦野和相模的努力，也應該譴責材木座的怠惰。

——不過，光是那樣還不完全正確。

認為正確的方式很了不起，才是真正的怠惰。

聽從課本教的內容、乖乖跟隨課程進度、達成要求的目標……那不過是遵循承襲下來的傳統，使用最正統的方法。這是在依賴過去的財產、專家的權威，讓未成氣候的自己逐漸僵化。

用其他事物來證明自己是否正確，這件事本身哪裡正確？

「我不認為只有遊戲社的方式才算正確。啊，不過材木座的做法，不用想也知道一定不對。」

「喔？既然身為朋友的你這麼說，就當作這樣吧。」

「我們才不是朋友。」

如果我們是朋友，這時候我應該會幫他說話。

然而，碰到這種程度的白痴，只能讓他為自己指引出一條路，不管我再多說什麼都沒有用。材木座這種等級的蠢貨，可是連放棄的理由都得問人。這傢伙最好被一拳打到爬不起來，讓他徹徹底底死心。

「那個……」

由比濱有些怯懦地開口。

「雖然我不太常玩遊戲，也不是很瞭解遊戲……」

在場的其他人皆默不作聲，漸漸被她認真的神情吸引。

我靜靜等待她說下去。這時，原本低頭看牌的由比濱，倏地抬起臉來。

她直直注視著我說：

「即使開始的方式不正確，或是半途而廢，依然不算是欺騙或虛假……因為，『喜歡』的心情是絕對不會錯的……這是我的想法。」

真不曉得這句話到底是對誰說的。

我思考到一半，聽見有人重新站穩腳步。

「……沒錯，就是那樣……我的確……沒有什麼東西好自豪……」

材木座的聲音毫不造作，難堪地顫抖著，而且有一句沒一句，但他還是沒有停下來，仍繼續把話說完。

「所以，我才把自己賭在遊戲上頭！這樣哪裡奇怪？你們才弄錯了吧！」

材木座吸著鼻子、抖動著肩膀慟哭。他不斷抽泣，含著淚水瞪向對方，那模樣怎麼看都像戰敗者。

他的樣子很難堪，秦野和相模的臉上滿是厭惡。不，他們看到的或許不是材木座，而是過去那個難堪的自己。

——想必他們也很喜歡遊戲，而且曾經抱持著夢想。

然而，一個人要獨自背負夢想，實在太過沉重。

隨著年齡增長，我們漸漸看清現實中的未來，不再擁有追求夢想的能力。

不到二十萬日幣的薪水、明星大學畢業生慘不忍睹的就業率、一整年的自殺人數、加稅、再怎麼繳也拿不回來的年金……我們淨是面對這樣的現實。若是稍微成熟些的高中生，還會提早認清這些事。

大家半開玩笑地說「工作就輸了」這種話，絕對稱不上是錯誤。

在那種世界一味地追求夢想，只會讓人感到痛苦和懊悔，光是想像便不禁嘆息。

單純因為喜歡是行不通的。

所以，他們要強化自己。他們累積知識，看著那些只會做夢的人，確定自己和那些人不同以激勵自我。

——因為他們說什麼也不願意放棄。他們怎麼有辦法否定那種行為？

「……你太不瞭解現實了，現實跟理想是不同的。」

「那種事情我早就知道！遊樂場裡有個以作家為目標、不停到處投稿的人，現在公司上班！得意地炫耀自己通過比賽複試的傢伙，現在還是尼特族！我當然也很瞭解現實……」

材木座緊握拳頭，激動得指甲快要刺破皮膚。

「我說自己要當輕小說作家，九成九的人都會捧腹大笑，說『別做那種無聊的白日夢』，或『死小鬼，看清現實吧』。這些我都知道！可是……」

……是啊，我們都很瞭解現實。

我們瞭解恐怖分子不會突然襲擊教室；街道上也不會出現滿滿的殭屍，大家只能關在家庭用品賣場裡避難。

一般聽到某人要成為遊戲劇本家、輕小說作家的宣言時，大多會認為那是荒誕無稽的白日夢，如同前面提到的那些無聊妄想。

不會有人真心支持，也不會有人認真阻止。即使對自己的夢想很認真，其他人依舊不會當真。

所以，總有一天我們會放棄那個夢想，為曾經做著白日夢的自己，以及正在做白日夢的人感到可笑。我們會笑著敷衍這一切。

即使如此，材木座竟然還有辦法一邊哭喊一邊吸鼻子，用顫抖的聲音訴說自己的夢想。

「現在我終於明白，即使未來當不成作家，我還是會繼續寫下去。我不是因為想成為作家才喜歡那些東西！而是因為喜歡才想成為作家！」

老實說，我很羨慕他。

我羨慕他不會疑惑、不會悲觀地看待一切，擁有僅靠一句「因為我喜歡」便決定自己未來的憨直。愚昧也該有個限度，他的直率已經到達眩目的地步。

能夠老實說出「喜歡」這句話，實在是堅強得讓人感到耀眼。既非玩笑也非逞強，而是發自內心的這種純粹，早已被我深深地封存起來。

因此，如果……如果材木座跟我贏得這場比賽……到時候，我也可以試著相信看看——但如果輸了，我還是不會相信。

「……材木座，換你了。」

我用握著牌的拳頭抵住材木座的胸口。

他輕撫胸口，感受自己的心跳。接著，他接下我手上的牌，踏出一步準備坐下。

「……事到如今，不論他們說什麼，我都不會放棄。」

我們擦身而過時，他帶著幾分沉著對我低語，聲音還滿悅耳的。不要啊！我好擔心自己忘不了那句話！

他深深地吸氣、吐氣，讓自己不再哽咽。

「……呼，久等了，我們一決勝負吧……」

我們總共剩下八張牌：黑桃J、梅花8、紅心3、方塊4——以及四張6。

「看招!·Infinity Slash!·」

他迅速抽出撲克牌，發出「砰」的一聲拍到桌上。我懂了，8橫躺下來即為無限的符號;再加上「切」牌，所以是Slash。

「八幡。」

我制止他要連同撲克牌一起送給我的話。

不用全部說出來，我很清楚。

我坐上座位，攤開手中的牌。

時機成熟了。正因為我們一路吃敗仗、一直居於最弱勢，但仍不肯放棄，現在才得以發動這一招。

這是韌性?耐性?精神論?抑或是有志者事竟成?

都不是，我們一開始便在等這一刻。

所以，在這之前的敗仗都不算是敗仗。前面那些微不足道的敗仗，都是為最後的勝利鋪路。

除非自己認輸，才是真正輸掉比賽。站在我背後的男人，直到最後都不會承認失敗和錯誤，因此，他可以說是最接近勝利的男人。

即使已經山窮水盡、看不到任何希望，如果還能吶喊出聲，不依靠任何事物，只憑自己純粹的意志堅持下去……

那麼，那便能夠稱之為「夢想」吧。

那是其他人難以撼動的無價幻想，也是世上極為稀罕的現實，只有非常少數的人能夠擁有。

一想到這裡，我不由得打起哆嗦。這種高潮感真是難以言喻，我忍不住吐露憧憬已久的台詞。

「……不會輸的。」

「沒錯，不會。」

兩個男人背靠著背，一起說出這句台詞：

「「我們才不會輸！」」

我抓起那四張牌，砸到桌面上。

「the end of genesis T.M.Revolution type D-！」

材木座你別吵，留下 Revolution 這個字就好！沒事說得那麼帥氣做什麼？我差點就要感受到你的才能了。

由比濱露出苦笑，雪之下也發出嘲笑似的嘆息，聳聳肩表示「Pass」。

秦野跟相模則彷彿什麼東西梗在喉中，憤恨地看向材木座。

這是當然的。

他們過去想必也這樣玩過遊戲，只是不知從哪一天起，他們見識到許許多多的事物，單純「喜歡」的心情已經無法滿足自我，於是開始尋找理由。

他們出現短暫的猶豫，不知是在思考該如何出牌，或是回顧自己走過的來時路。

「Pass……」

「幹得好，八幡，接下來交給我吧！」

材木座藏不住興奮之情，滿臉笑容地搶過我手中的牌。

「Sword of Jack……THE Reverse。」

他故意說得很帥氣，但如同各位所見，只不過是一張黑桃J。

「喂！你白痴嗎？使出『11革命』的話，我們原本革命不就沒意義了！」

在發動革命的情況下使用「11革命」，結果即為再轉回來。如同「反對的反對是贊成」，這一輪的數字強弱將回歸正常。現在明明是消耗弱牌的時候……

「咦…………啊！」

材木座連眨好幾下眼睛，這才注意到自己幹的蠢事。這傢伙要出什麼牌，竟然是先考慮喊技能名稱的爽度嗎……

這傢伙果然是個白痴。雖然剛剛還說不會輸的，但現在已萬事休矣，而且材木座沒有絕影那種人偶，我也不會超級神拳（註41）。

由比濱思考一會兒後，決定放棄出牌，接著相模迅速打出黑桃2。

鬼牌目前落在遊戲社的手中，所以再也沒有其他牌可以贏過黑桃2。

秦野跟相模對看一眼，大大地嘆一口氣。

目前輪到他們當莊家，而且革命持續進行中。

註41　動畫「超能奇兵」中角色使用的技能名稱。

遊戲社剩下三張牌，我們兩組各剩兩張。但是在遊戲社當莊家的局面下，等於讓他們解出完全勝利的方程式。

「好吧，我認同劍豪先生的志氣。」

秦野說完，伸手夾住兩張牌。

「可是，現實就是如此。」

他拿起那兩張牌，如同揮舞死神的鐮刀。

還是差一點嗎……要不是那個愚蠢的失誤，我們早已獲勝，可惜現在多說什麼也沒有用。

正當我想著「沒辦法，只能脫了」的時候——

「我投降……不管怎麼算，都不可能獲勝……」

始終保持沉默的雪之下扶額嘆道。秦野聽到意料之外的人開口，突然停下動作。

「咦……小雪乃，妳為什麼知道？」

「只要留意所有出過的牌，答案不是很明顯嗎？再扣掉我們自己的牌，便能知道對方剩下什麼。而且大富豪跟大貧民會換牌，強的牌已經在遊戲社那裡，所以要過濾出答案不是什麼難事。」

「妳是電腦奶奶（註42）嗎……」

雖說把所有出過的牌記下來就好，連小學生也想得到這種方式，但實際上根本

註42　一首日文歌曲名。

不會有人這麼做。記牌本身已經很費腦力，更不用說還要同時思考戰術。再說，當大家沉迷於遊戲時，那些事情早已無所謂，只有2跟鬼牌才是重點。

……反過來說，這傢伙是傻瓜嗎？

「遊戲社出鬼牌跟8的組合，8切牌後再出掉最後的方塊7。比企谷同學他們剩下紅心3跟方塊4。無論怎麼想，我們都沒有勝算。」

雪之下不耐煩地解釋完後，放下手中的牌站起身。等一下，妳真的知道我們拿什麼牌啊？妳是阿爾達超能力者嗎（註43）？

她不甘心地咬緊嘴唇，害羞地臉頰泛紅，慢慢把手放到夏季背心的衣襬上。細長的手指因為屈辱而不停顫抖，怎樣都抓不牢，連我都快要看不下去。

「呼……」

雪之下短吁一口氣，咬緊牙根用力抓住衣襬。

接著，她緩緩撩起背心，露出藏在裡頭的上衣。從鈕釦之間的縫隙，隱約可見白如陶器的絲滑肌膚。

雖然很不願意承認，但我的視線被她牢牢吸住，而且我不討厭這樣。

我吞一口口水，同一時間，旁邊傳來「啪沙」的聲響。

幹什麼啦？安靜別吵！萬一漏看什麼該怎麼辦？

我往聲音發出的方向瞪一眼，原來是秦野手中的鬼牌不小心掉下去。

註43 出自動畫「超能奇兵」的設定。

「對、對不起。」對方也明白現在不是掉牌的時候，趕忙道歉後連牌都不撿，又將視線轉回去……真是的，給我小心一點。

接著，我也把頭轉回去繼續觀賞……不過，有個東西硬是遮住我的視線。

「停！好，到此為止。」

眼睛周圍的皮膚，感受到女生特有的柔軟雙手。

我輕輕撥開那雙手，看見由比濱用對待垃圾的眼神盯著我。

「做什麼……」

由比濱氣得鼓起臉頰，並未回答我的問題。她把頭往旁邊一撇，頭上那顆丸子跟著晃動，一副很不高興的模樣。

「小雪乃，妳不需要脫衣服。」

由比濱握住雪之下的雙手，止住她的動作。於是雪之下逐漸放鬆僵硬的身體，無力地回握由比濱的手。

「……不過，比賽就是比賽。雖然把妳捲進來，實在讓我有些過意不去。」

「啊～～我不是這個意思。妳看，我們還是可以贏。」

由比濱說完，從桌上拿起自己的牌。

「嘿，3最大。」

先前秦野鬆開的那張鬼牌，正面朝上地落在出牌區。

「咦！」

相模的驚叫聲，有如出自橫山光輝筆下《三國志》的角色。

「啊！」

秦野也露出金肉人般的驚愕神情。

在一般情況中，黑桃3是最弱的一張牌，但在特殊規則下，它將成為對抗萬能鬼牌的唯一手段。而且在革命時，3也會躍上最強牌面的寶座。

在如同現代社會寫照的「大貧民」遊戲中，它是既脆弱卻又閃耀著希望的存在。

「來，小雪乃。」

由比濱興奮地把最後一張牌交給愣住的雪之下。

雪之下不好意思地接過那張牌以及由比濱的微笑。

於是，勝利女神對女王展露笑容。

夕陽照進遊戲社的社辦，在一片逆光中，某人輕輕擺出勝利姿勢。

這場勝利來得令人措手不及，我品嘗著稱不上餘韻的餘韻，對遊戲社的社員開口：「喜歡還是討厭，跟有沒有知識無關……人生是很講求運氣的遊戲。」

夢想能不能實現、比賽能不能勝利，都是由運氣決定。這是《幸運超人》教會我的事。不過，這種遊戲未免太莫名其妙。所以說，材木座的夢想能不能實現，也得問問他的運氣。

我稍微吁一口氣，面帶笑容對材木座和侍奉社說：

「現在便放棄或否定夢想，還太早一點。」

「比企谷同學，請你快點穿上衣服。」

× × ×

走出遊戲社的社辦時，開放的走廊上吹來一陣微熱的風。由於剛才長時間處於緊繃狀態，現在我的肩膀還痠得要命。

我把手放到肩上，脖子一扭，聽到一陣清脆的聲響。身旁的由比濱盡情地伸懶腰，雪之下也努力忍住小小的呵欠。

「那個……非常對不起。」

「我們還嘲笑你……」

秦野跟相模自責地低下頭。他們能夠坦率地道歉，即為心地正直的證明。正是因為如此，他們聽到材木座的妄想時，才會忍不住說那麼多。

以某方面來說，只有他們認真聆聽材木座的夢想。如果不是這樣，他們根本不會否定。

——不過，我可不一樣。我打從心底否定他，認定他是一個人渣。

「唔喔？哇哈哈哈哈！知道就好！你們再等幾年吧，我材木座義輝，一定會推出高水準的遊戲！」

囂張的材木座實在讓人厭惡，不過遊戲社的兩人只是笑著帶過。

「好的，我們很期待劍豪先生的遊戲。」

「話是這麼說，但版權歸公司所有，所以遊戲不會單純屬於劍豪先生。」

聽到這句話，材木座立刻停止笑聲。

「唔？嗯？什麼意思？」

秦野和相模對望一眼，然後仔細地為他一一說明。

「基本上，在公司製作的東西，都算是公司的財產。」

「這叫做共同著作權，權利歸公司所有。」

「雖然依照契約內容可能會有所不同，但如果是遊戲的劇本，大部分是由公司買斷。」

「公司買斷的話，不論之後遊戲多暢銷，作家都只拿得到一開始的那筆錢。」

「真、真的假的！」

材木座震驚得把書包掉到地上。

「那、那還是算了……嗯，我放棄。」

這個傢伙……竟然馬上露出本性……真想痛扁他一頓……

我拚命克制一拳打爆他太陽穴的衝動，遊戲社的兩人也不知該說什麼，甚至露出半是同情的苦笑。

「哼，不管遊戲賣得再好，如果我只拿得到一點錢，一樣沒有意義。果然還是當輕小說作家最好！啊，既然已經下定決心，不能在這裡浪費時間，得趕快開始構思劇情……」

材木座迅速拎起書包，盤著手臂邁開大步離去。

「那麼再見啦，八幡！」

我沒有多說什麼，只是揮著一隻手要他滾蛋，他則滿臉喜悅地揮手回應我。

……總覺得，這是我參加侍奉社後第一次做白工。

「該怎麼說呢……真是個怪人。」

秦野如此低喃。

「沒錯吧？跟他在一起，從來不會有好事發生。」

「不過，你們也是一群怪人……」

相模有些冷淡地回道。

「啥？喂，你們對一個超級正常的人說什麼——」

「你那樣要到哪個文化圈才算正常啊？跟你這種怪人在一起真是辛苦。」

「可是，小雪乃也很奇怪耶……啊哈哈……」

由比濱見雪之下冷靜地說出那種話，尷尬地笑著說道。

但雪之下沒生氣，嘴角浮現溫柔的笑容。

「有道理，我跟比企谷同學都有些地方不太正常……因此，如果有像由比濱同學一樣正常的人陪伴，會給我很大的幫助……」

在夕陽的餘暉下，雪之下的臉頰淡淡地泛紅。由比濱望著這一幕，逐漸流露出欣喜之情。她的眼眶略微泛淚，用力抱住雪之下的右手。

「……好！」

「好悶熱……」

雖然雪之下如此抱怨，但仍維持那個姿勢，沒有抽開手臂的意思。

「總之，我們先回去社辦吧。」

我對她們開口，率先踏出腳步。走了幾步後，她們也跟上來。

不論如何，雪之下和由比濱再度回到之前的關係，算得上是好事吧。

唔~~~雖然是自己的哥哥，但實在不行啊……

哥哥最常跟哪個女生講話？

關於
戶塚彩加

當面對她說這種話，會被揍喔……
那麼，老師以外的人呢？

唉……
啊，哥哥，晚餐要不要吃豬肉涮涮鍋？

那小町先出去買囉♪

平塚老師吧……
不過那個人早已超過女孩的年齡。

戶塚吧？應該是戶塚，一定是戶塚，只有戶塚而已。今天我還跟他爭論巧克力螺旋麵包的吃法。戶塚喜歡撕開來一口一口吃，因為他的嘴巴沒辦法張很大。如果仔細觀察，會發現戶塚的嘴巴小小的很可愛，所以我讓他現場咬一口看看。結果他舔掉沾在嘴唇上的巧克力醬時，舌頭就像這樣動……總、總之！最經典的一幕是他發現我在看他舔巧克力醬，害羞地移開視線時的表情！

喂，等一下，我還沒有說完。然後——

啊！不是要妳等一下嗎？聽我說完啦！
然後戶塚還說菠蘿麵包——

6 他和她的起始終於要畫下句點

回到社辦後，我不經意地看向窗外。夕陽正緩緩沒入東京灣，夜幕逐漸降臨東邊的天空，宛如倒下藍色顏料。

「唉，現在該怎麼辦？我都把蛋糕烤好了……」

同樣看著窗外天色的雪之下發出嘆息。放學時刻即將到來，在下課鐘響之前的短暫時間內，大概只夠我們把蛋糕切開。

由比濱聽到雪之下的話，不解地歪頭問：「蛋糕？為什麼有蛋糕？」

「還問為什麼……啊，對喔，我們還沒有說。今天找妳來這裡，是想幫妳慶生。」

「咦？」

「由比濱同學最近一直沒來社團……所以想跟妳說，請妳不要懈怠……另外，也可以算是對妳的感謝……」

雪之下輕咳一聲掩飾自己的害羞，但她還沒把話說完，由比濱便撲了過去。

「小雪乃，妳記得我的生日啊。」

應該不能說是記得，只是從她的郵件信箱地址推測出來。

反正中間的過程不是重點，重要的是，由比濱沉浸在一片喜悅當中。

「可惜今天已經來不及了。」

雪之下終究受不了那股悶熱，想要跟由比濱拉開距離。由比濱稍微抗拒一陣子，突然想到什麼似地拍一下雙手，雪之下趁機掙脫出來。

「不然，我們去校外慶祝吧！」

「不過校外也沒什麼地方……」

雪之下對突如其來的提議感到猶豫，不過由比濱要她不用擔心，眨著眼睛表示「包在我身上」。

「放心放心，我會負責跟店家訂位。你們為我準備蛋糕，我已經非常開心。」

「其實不只有蛋糕……」

「咦！還有禮物嗎？」由比濱看著雪之下，眼睛閃閃發光。雪之下不久前才從她的擁抱中脫身，現在她又湊了上來。

雪之下一邊回答她的問題，一邊慎防對方再度撲過來。

「嗯，是啊……不過，不是只有我一個人準備禮物。」

她說到這裡時，看了我一眼。

「咦……難不成……」

由比濱察覺她話中的含意，露出有點不知所措的曖昧笑容。

「啊、啊哈哈，想不到自閉男也會準備禮物～～因為前一陣子……感覺……氣氛有點尷尬。」

我一跟由比濱對上視線，兩人又立刻別開。

雪之下也在場時，我還可以假裝不覺得有什麼尷尬，但她現在主動把球丟給我，代表她很清楚我們之間發生什麼事，要我們趕快解決。

這傢伙平時明明一點也不溫柔，卻在這種奇怪的地方多管閒事……

我從書包裡拿出一個小包裝，若無其事地遞給由比濱。

「……這可不是因為妳生日才送的。」

「咦？」

儘管接下來的話實在很難啟齒，我還是勉強自己擠出句子。

「我稍微思考一下。該怎麼說呢……把過去的事情一筆勾銷如何？我救妳那隻狗的事，還有妳始終放在心上的事，全部當成沒發生過。」

我盡量不看由比濱的反應，不留任何空檔地繼續說下去。

「再怎麼說，妳都沒有一直過意不去的理由。雖然當時我受重傷，不過對方投保的公司有提供理賠，律師跟駕駛聽說也有來道歉，所以，妳一開始便沒有同情或內疚的必要。」

我每說出一句話，心臟便像被揪住似地感到一股壓力，但如果不說出口，就無法了結這件事。

「而且，我也不是因為妳才幫忙的。」

由比濱看向我，眼中閃過一陣難過，接著又立刻低下頭。

「我不是賣人情給某個特定的人，所以妳也不用執著於還我人情。不過，既然我讓妳操那麼多心，相對地應該有所回報，所以想送妳這個東西，代表我們從此扯平。接下來妳不用再顧慮我，一切都到此結束。」

全部說完後，我呼出一口氣，感覺連胸口的不快都吐出來。

這下子終於能夠解脫，包括令人搖頭的誤會，以及自己搞錯的防衛行為，全部都能畫下句點。不過，這麼想本身或許就是個令人搖頭的誤會，也是自己搞錯的防衛行為。

我看不出由比濱的表情，只知道她緊抿著嘴脣。

「……為什麼你會那樣想？我從來沒同情過你，也沒對你過意不去。只是……」

她的聲音在顫抖，而且相當微弱。我跟雪之下完全無法回答，只能靜靜聆聽。

社辦的一角微微陷入黑暗。再過一會兒，夕陽即將完全隱沒。

「總覺得事情越來越複雜，我開始搞不懂了……本來還以為很簡單的……」

接下來的話顯得比較有精神，但由比濱勉強自己開朗起來，反而讓這句話顯得虛弱無力。

這時，冰冷的說話聲打破現場的曖昧。

「這不是什麼複雜的事。」

雪之下背對夕陽站著。海風從敞開的窗戶吹入，掀起她的頭髮。

「比企谷同學不記得自己幫助過由比濱同學，由比濱同學也不記得自己同情過比企谷同學……你們一開始便搞錯了。」

「是啊，沒錯。」

我說完後，雪之下頷首。

「嗯，所以我認為，比企谷同學選擇『讓一切結束』是正確的做法。」

由於我們一開始便搞錯方向，自然會走到錯誤的結果。不論對方抱持什麼樣的感情，我都不可能改變答案。

即使——只是假設——即使那是一種很特別的感情。

因為意外事故才萌生的感情、藉由犧牲自己得到的同情、不管是誰來救都有可能產生的戀情，我都不可能當真。

我出手救她的時候，不知道她是什麼人，所以她也是在不認識我的情況下被我拯救。既然如此，她的情感和溫柔並非為我而生，而是某個幫助她的人。

因此，這一點絕不能搞錯。

我早已不再自顧自地期待，然後落得一場空。

一開始便不期待，中途也不會期待，直到最後都不抱期待。

由比濱沉默半晌才開口低喃：

「可是，要在這裡結束，總覺得……好討厭喔。」

「……傻瓜，結束的話再重新開始不就好嗎？而且，你們也沒做錯什麼。」

「啊？」

雪之下突然說出意想不到的話，我不禁懷疑自己是否聽錯。

她一臉悠哉地撥開肩膀上的頭髮。

「雖然你們搞錯自己在幫誰又被誰幫助，不過同樣都算是被害者吧？這樣的話，你們應該向加害者追究一切。所以……」

她在這裡暫停一拍，利用短暫的空檔來回打量我們兩人。

「……你們當然也可以好好重新開始。」

她露出溫柔但有點寂寞的笑容。

在一片夕照下，我無法得知她瞇細的眼中看見什麼。

「我要先去向平塚老師報告我們已經補滿社員。」

接著她想起這件事，漠然轉過身，用比平常略快的速度走出社辦，完全不回頭看我們。

剩下我跟由比濱留在原地。雪之下說出她要說的話，所以沒有問題，但現場的氣氛還是有些尷尬。妳多少想想辦法吧……

由比濱偷瞄我的反應，宛如在尋找時機，用確認的語氣對我開口：

「嗯……那麼……請、請多多指教……」

她不管我怎麼想，單方面地對我這樣說，不知為何還行禮致意。

「啊……喔……」

我完全不知道要多多指教什麼。

感覺有些地方不太對勁，我們好像被雪之下那番話唬住了。講歪理、耍嘴皮子明明是我的絕活，想不到被她反將一軍。

我不禁苦笑，這時，由比濱輕輕戳我的背。

「請問……我可以打開嗎？」

「妳想開就開吧。」

既然禮物已經交給由比濱，所有權便歸屬於她，根本不需要徵求我的同意。

她小心地拆開包裝紙後，睜大眼睛發出驚嘆。

「哇……」

那是一個由數條黑色皮革編織而成的項圈，中間有一小塊銀色吊牌，戴在棕毛小狗的脖子上應該很醒目。不是我在吹噓，這份禮物選得真好。這都拜長年來得為小町買生日禮物所賜，我幫妹妹跑腿的功力可是一流的。

由比濱似乎也很滿意我的選擇，平靜地凝視那個項圈。

「等、等我一下。」

她說完便轉過身去。經過不到三十秒，又撥弄著前髮抬起頭。

「好、好看嗎？」

ぷんす
ぷんす

她不太好意思地別開視線。

黑色皮革項圈為潔白的頸部增添色彩，跟被夕陽染成棕色的頭髮對比之下，顯得非常美麗又相稱。

可是，實在很難說出口……

但這件事還是跟她說清楚比較好。

「其實……那是給狗戴的項圈……」

既然如此，為什麼戴在她的脖子上也那麼適合啊……

「咦？」

由比濱的臉頰漲得通紅。

「——笨蛋！早一點說啦！」

她用力把包裝紙砸到我身上。等一下，那不是一看就明白嗎？啊，我瞭解了，因為那個項圈還可以調整大小。

「真是受不了……我去打電話訂位！」

她氣呼呼地卸下項圈要離開社辦。打開門時，又突然停下腳步。

「……謝謝你，笨蛋。」

由比濱丟下這句話，然後頭也不回地用力關上門，甚至不給我機會回應。

「唉……」

社辦內只剩下我一個人。我深深嘆一口氣看向窗邊，亦即雪之下先前站的位置。

我跟由比濱的座位和雪之下相隔不到兩公尺，但不知道為什麼，我忽然有一種那之間被一條看不見的線隔開，讓人難以跨越的感覺。

不久之後我才明白是什麼東西——事實，或者說是真相——把我們跟她徹底分開。

（完）

B.T!

BONUS TRACK！「像這樣的生日快樂歌」

本BONUS TRACK是由《果然我的青春戀愛喜劇搞錯了》第三集限定特裝版附贈之廣播劇CD內容改寫而成。CD內容是銜接第三集正篇的後續，因此建議讀者先讀完正篇再聽廣播劇，以及閱讀本BONUS TRACK。另外，在改寫成小說的過程中，有部分內容與廣播劇相異，還請多加包涵。

生日。

這不僅是自己出生的日子，也是產生各式新創傷的日子。

例如，慶生會只有我沒被邀請；以為大家在為我唱生日快樂歌而感動半天，結果發現他們是幫同一天生日的另一個同學所唱；寫錯自己名字的生日蛋糕……最後一項是怎麼回事？我媽到底在搞什麼？不要連自己兒子的名字都寫錯好嗎？

小嬰兒出生時之所以要哭，說不定不是因為來到這個世界上很感動，而是因為和母親分開，體驗到人生中的第一次孤獨。

所以出生的那一天，即為孤獨的開始。

古人云：「莫忘初衷。」

是故生日應該獨自度過，而非邀請朋友熱熱鬧鬧地舉辦慶生會……不過，為壽星慶祝的心情是不會錯的，對吧？

× × ×

我走在特別大樓的走廊上時，看見前面幾公尺的地方，有個女學生很高興地邊走邊哼歌。

那是由比濱結衣。她平常就是很開朗的少女，今天看起來又格外高興。

「哼哼哼～～♪」

「哎呀，由比濱，妳好像很高興？一邊走路一邊哼歌，想必是有什麼好事吧？」

我出聲叫住由比濱，她停下腳步，帶著燦爛的笑容回答：

「啊，是平塚老師。其實啊～今天是我的生日……想不到小雪乃要為我舉辦慶生會呢！」

生日……青少年可能還會覺得很興奮，不過到了我這個年紀——哎呀，危險。

總而言之，這對她來說是件值得高興的事，我應該好好祝福她才對。

畢竟當她到了我這個年紀，還能不能坦率接受那些祝福可是個未知數。

「喔？今天是妳的生日？生日快樂。看見妳跟朋友相處得很融洽，便是最讓我欣慰的事。我可以明顯看出雪之下的成長，倒是另一個人……唉……」

這時，我腦中忽然閃過一個男學生的面孔。由比濱似乎也一樣，因而微微露出不知該做何反應的苦笑。

「嗯～～其、其實自閉男也……雖然他基本上是個廢物沒錯，不過有時候也很溫柔，還有送我禮物……」

我看著由比濱的反應，嘴角自然而然地放鬆。

「喔？不過，我都還沒有說是誰呢。」

「什麼？難道老師在挖陷阱！」

她嚇得慌了手腳，不過那並非在挖陷阱。

「真要說的話，應該是誘導詢問才對。無妨，那兩人就麻煩妳了。我知道會很辛苦，但你們還是要好好相處喔。」

唔，我暗自想著這種口氣有點像在說教，同時觀察由比濱的反應。只見她先是呆愣半晌，然後老實說出內心的感想：

「是……感覺老師好像我的媽媽喔。」

「嗚！我、我還沒到……那種年紀……」

那一瞬間，我的心臟彷彿被鈍器狠狠敲一記。我勉強撐住不穩的腳步擠出微笑，由比濱連忙補充：

「啊，我不是那、那個意思啦。應該說……很像媽媽之類的才對。啊！對了！就是母性！老師一定會成為好媽媽的！結婚之後！」

「嗚咳！老師知道妳沒有惡意，所以受到的傷害反而更大……」

原本拔刀術的最大破綻，正是在拔出刀子的那一刻。要是我沒先看過《神劍闖江湖》，明白該如何應對兩段式拔刀術，一定抵擋不住這兩波攻擊而被擊倒。

沒問題，她還算是在稱讚我，現在還沒到放棄的時候！

加油！平塚！

我努力打起精神，這時，由比濱像是想到什麼似地開口：

「對了，老師要不要也來參加慶生會？」

「嗯……謝謝妳的好意，可惜我今天得去參加別的活動，沒有辦法參與。」

「老師也要幫人慶生嗎？」

「並、並不是……即使打死我，也不能把聯誼活動說出口……」

在她詢問是什麼活動之前，趕快先轉移話題吧。

「話說回來，慶生會的主角還在這種地方閒晃好嗎？大家應該都在等妳吧？」

「啊，對喔。那我先走了，老師再見！」

「好，玩得開心一點。」

我目送由比濱跑走後，仰望窗外夕陽即將隱沒的天空。

「……唉，好想結婚。」

× × ×

我跟雪之下正在無聲的社辦內看書。如果只是這樣跟平常沒什麼不同，今天的不同之處，在於社團結束後，我們難得地還有其他活動。

「我說，雪之下，今天已經沒有社團活動了吧？雖然說就算有，我們一樣是坐在這裡看書……」

雪之下不看我一眼，將手中的文庫本翻過一頁後回答：

「嗯，而且接下來還要幫由比濱同學慶生，無暇進行侍奉社的活動。請問你有什麼不滿？」

「我沒有不滿，只是覺得社團休息一次，有種賺到的感覺。由比濱能來到這個世界，真是太好了。多虧她的關係，我們今天不用進行社團活動。」

「我實在不知道你的話題規模究竟算大還是小……唉，你還是那麼膚淺。」

雪之下無奈地闔起書本，不過我也一樣很無奈。雪之下小姐，妳還真是什麼都不知道。

「笨蛋，又不是有內容、有深度便一定好。」

「但我認為有深度才好。」

她說出我預料中的話。

「太深的河川水流湍急又會看不見底部，腳也搆不著地，所以反過來說，膚淺如我的人既平和又腳踏實地。」

我得意地說完，雪之下浮現不解的神情。

「奇怪……我怎麼覺得比企谷同學像個很了不起的人……」

「奇怪……我怎麼覺得自己被說成沒什麼了不起的人……」

真奇怪，我認為自己非常認真啊。

雪之下把頭歪向一邊說：「咦？你根本沒有什麼了不起的地方吧？」

「妳歪頭裝可愛做什麼？形象跟那句辛辣的話語落差太大啦，我會受到更大的打擊。」

接著，雪之下換上一本正經的表情。

「真抱歉，誰教我的個性就是不會說謊。」

「總覺得妳搞錯道歉的原因……我告訴妳，除了沒有朋友也沒有女朋友這兩點，我可是滿厲害的。」

我鄭重地這麼告訴雪之下，她立刻像頭痛發作似地輕撫額頭。

「在一般人的標準中，那已經是很致命的缺點……算了，反正我對一般人的標準也很有意見。」

「沒錯吧~朋友跟女朋友的數量越多越好這一點，根本是對個人的否定。世人稱道的偉人、天才當中，也不乏完全沒有朋友的例子。再說，妳身為全年級第一名的萬能天才少女，還不是一樣沒有朋友。」

「有、有一個……」

雪之下不太好意思地反駁。她的那一位朋友，八成也是我認識的人。

「妳要說由比濱對吧?可是，大家提到『朋友』時，通常是指複數的一群人，所以妳還是沒有朋友!」

「又在胡扯……」

雪之下又開始看不起我。她講到一半時，有人打開社辦大門。

「嗨囉~~嗯?你們在聊什麼?」

由比濱結衣以白痴的招呼登場。

「啊，由比濱同學。其實沒什麼，只是比企谷同學一直堅持說自己很了不起。」

由比濱聽了，馬上拍手發出大笑。

「啊哈哈!不可能不可能!」

「不要瞬間否定我……等等，妳先仔細聽，我會條理分明地解釋自己了不起在哪裡。首先，我的外表很不錯，加一分。」

「但是有一對死魚眼，扣一分。」

「而且還自吹自擂……」

這兩個女生完全不買帳。

「唔！那、那麼……我念升學型高中，加一分。」

「但是有留級的危險，扣一分。」

「……哈哈哈，我大概沒有資格說別人，所以不表示意見。」

不僅雪之下的態度冷淡，由比濱也笑得很勉強。沒、沒關係，是我剛才列舉的幾點不太理想，不僅敘述太抽象，而且個人主觀因素很強烈，接下來就舉些具體且說服力又強的例子。

「不然，這個如何？國文成績在全年級文組中排名第三，加一分！」

「但是數學只有九分，是全年級最後一名，扣一分。」

「嗚嗚嗚～～我只有十二分，不表示意見。」

由比濱快哭出來了。其他還有、還有什麼……

「唔唔唔……還有……很、很愛自己的妹妹。」

「那不就是單純的妹控嗎……」

她們一起朝我投以「去死吧，變態」的眼神。

「扣兩分。」

「為什麼這裡的配分特別不一樣？可惡！其他還有……不、不行，已經想不到其他的……」

我絞盡腦汁，但完全想不出其他可以說嘴的東西。雪之下見我頭痛不已，露出得意的笑容。

「已經結束了嗎？我還想得到別的喔。」

「什麼……」

我沒用的事例還不只那些，難道妳擁有神的記事本？雪之下稍微別開視線，輕聲嘟噥道：

「例如……好好為由比濱同學慶祝生日，加一分……之類的。」

「啊？妳說什麼？」

「沒什麼。走吧，我們該出發了。我做的可是水果蛋糕，要趁新鮮的時候趕快吃。」

她若無其事地忽略我的提問，拉開椅子站起身。

「喔，好……」

我和由比濱也跟著起身。

「太好了！蛋糕！小雪乃，妳用什麼水果？西瓜嗎？」

「從最先想到用西瓜來做蛋糕這一點看來，妳的廚藝還是一樣糟糕……」

×　×　×

我們離開社辦，在走廊上漫步。下到一樓時，我想起稍早收到小町傳來的訊息。

「那麼，我們要去哪裡？小町說她也想參加，我在想要不要叫她一起來。」

「有何不可？」

雪之下點頭，由比濱接著回答：

「在車站前的KTV。傍晚五點之後可以無限歡唱（Free Time），非常划算。」

「喔，好，那我先傳簡訊給她。不過，無限歡唱啊……真是討厭的字眼。」

一段不堪回首的往事，冷不防地閃過我的腦海。由比濱訝異地開口追問：

「咦？為什麼？唱得再久都是相同價錢，不是很好嗎？」

「自由並非絕對的好事，那也意味著缺少防護。」

雪之下說的很有道理，我點頭同意。

「沒有錯。畢業旅行、遠足、游泳課……每次老師讓大家自由活動時，我總是不知道要做什麼。而且在游泳池裡根本沒什麼事好做，我只好游了整整兩公里。」

「那已經是長泳吧。」

沒錯，遠遠超出課程範圍，累死人了……

「哈哈哈，關於這個問題，畢業旅行時，只要乖乖走在隊伍後面三步的地方不要說話就好。」

「真是討厭的大和撫子（註44）……」

我們天南地北地閒聊，來到大樓門口時，突然聽到一陣高亢的笑聲。

註44　意指遵從「三從四德」的日本傳統女性，會走在男性的三步之後。

「哇哈哈哈哈哈！八幡！」

……奇怪，是錯覺嗎？

「不過，為什麼是去ＫＴＶ？」

「唔？呵呵呵呵，八幡……」

對於我這個問題，由比濱思索一會兒。

「不好嗎？這樣一來，我們再吵鬧也不會被罵，還有飲料無限暢飲。」

「唔嗯……八、八幡？你有聽到嗎？」

「而且聽說有人過生日的話，還可以自己帶蛋糕進去。」

「不過要先跟店家講好。」

剛才那陣笑聲果然是我的錯覺，我們三人繼續對話。

「嗯……不過明明是由比濱的生日，卻讓壽星負責訂位……」

「有、有什麼辦法，不然這種時間我也不知道可以去哪裡。」

「哎呀～～不用放在心上啦，你們幫我慶祝生日，我已經很高興了。而且一想到能幫上小雪乃……還覺得更高興。」

「由比濱同學……」

「嘿嘿。」

兩個女生有點害羞地臉紅，彼此交換一個微笑。

這時，一陣劇烈的蹬地聲傳來，我們的眼前出現一個黑影——

「JUST A MOOOOMENT！DON'T LEAVE MEEEE！」

那團黑影發出怒吼，嚇得雪之下跟由比濱縮起身體，我也一樣。

「呀啊！」

「哇啊！」

「唔喔！嚇死人了……什麼？是材木座啊，原來你在？」

等等，他剛剛就在現場嗎？

「咕嚕咕嚕！如果要問在不在，我便得先證明自己的存在。」

他故意咳嗽幾聲，裝腔作勢地說道。真是煩死了。

「啊，算了，不用那麼麻煩。所以你有什麼事？」

材木座得意地盤手回答：

「嗯，我剛才離開之後，立刻構思出新的輕小說設定……可以給你們看看喔。」

「為何說得像是要施捨給我們……還有，請你別拿設定跟大綱給我們，直接拿完整的原稿過來。」

「哇！哈！哈！哈！告訴你，我這次的輕小說，光是設定就很精采。來吧，快來欣賞！」

「現在嗎？抱歉，我們現在很忙，改天好不好？」

材木座把一疊紙遞過來，但被我一口拒絕。於是，他忽然看向遠方說：

「呼哼！八幡，你有沒有聽過這句話：『機會之神只有前髮。』這是在告訴我們不要錯過機會……嗯？但即使只有前髮，不是還可以抓住他的手跟腳嗎？」

「我哪知道？不要胡亂引用連自己都不懂的話……要是你真的很急，更應該去網路留言板詢問大家的意見。」

「那個我做不到。萬一被其他 Wannabe 說『噗咳 ww 你的作品未免太爛啦 www 哇哈哈 www 沒有半點作家的才能 www』，我可是會去死。」

「在鍛鍊你的文筆跟創意之前，先磨練一下自己的抗壓性吧。」

見材木座廢物到如此地步，我不禁好好地開導他一番。

「比企谷同學，什麼是 Wannabe？」

「我也不清楚，不過，感覺應該是想成為輕小說作家的人。」

大家對這個字有各式各樣的解釋方法，不過 Wannabe 是來自「I wanna be」，亦即「我想成為」的英語應該沒有錯。但是再詳細的內容，我便不太瞭解。由比濱似乎也不瞭解，因而佩服地說道：

「是喔～我還以為是千葉動物園裡的動物。」

「……那裡並沒有沙袋鼠（註45）。」

「由比濱同學，那是東部灰袋鼠。」

雪之下認真地糾正，由比濱紅著臉提出反駁。

註45 wallaby，一種小型袋鼠。

「人、人家知道是袋鼠啦！而且不是有比較小隻的嗎？人家是跟那個弄混！」

「……妳是說狐獴嗎？」

「沒有錯！嘖，真可惜……好，繼續下一題！」

「一點也不可惜，而且現在又不是在進行千葉通機智問答。」

還有，妳們未免太瞭解千葉動物園，真可怕。

「到此為止！先別管那些有袋類動物！」

材木座拍拍手中的原稿，為自己大力宣傳。

「這可是我的自信作！之前我總是被稱為垃圾人渣Wannabe，不過現在要擺脫那些多餘的部分，只是時間早晚的問題……」

雪之下聞言，撫著下巴點點頭。

「我懂了，所以接下來要叫你『垃圾人渣』對吧？」

「妳是那樣想的喔……」

正常情況是擺脫垃圾人渣，變成Wannabe。但即使擺脫多餘的部分，依然只是個Wannabe……

雖然如此，材木座還是露出自信滿滿的笑容。

「呵，你們看過後便能發現差異……話說回來，八幡，你們今天要忙什麼？」

「嗯？喔，我們要幫由比濱慶祝生日。」

「什麼？生日！如果用英文來說，不就是Birthday嗎？」

「沒錯，雖然你根本沒有使用英文的必要。」

接著，材木座突然感動得渾身顫抖。

「哎呀，原來遠古傳說是真的……當其滿十七歲時，劍豪將軍也要飛奔過去祝賀……」

「你的反應有點可怕……」

由比濱倒退好幾步，拿我當盾牌躲到我身後。

「是他家的老奶奶聽到生日這個字而錯亂了吧，畢竟千葉縣民對這類話題很敏感。」

「會嗎？我從來沒有在意過。」

「不，千葉中、小學的座號，不都是按照生日排列嗎？」

我向無法理解的雪之下解釋，由比濱也立刻想通。

「啊，沒錯！到了高中突然換成用五十音順序排列，我當時還有點驚訝。」

「嗯，從全日本來看，用出生日期排座號的確很少見。」

「誠然。正因為如此，很容易出現悲劇……」

「材木座，你突然說什麼？」

材木座一副很瞭解似的，表情倏地黯淡下來。

「……大家兩天前為我前面的同學慶祝生日，三天後則為我後面的同學慶祝……」

「啊～原來如此。」

「完完全全被遺忘了。」

有道理。生日是在學期中的人，確實有可能遇到那種事。我的生日在暑假，從來沒有跟一群人慶生的經驗，所以非常能夠體會。

「這樣一想，千葉縣對獨行俠真不友善。」

「咳嗯，八幡，不要說得好像事不關己的樣子。」

「比企谷同學的周圍全是毫無關連的人，所以不管什麼都不會當成自己的事。」

「不要面帶笑容地說出那種話，而且，這句話輪不到妳來說，妳自己的周圍也都是毫無關連的人。」

我回敬滿臉笑容的雪之下後，她撥起頭髮故作堅強地開口：

「沒錯，我的周圍都是毫無關連的人……」

「咦……」

由比濱聞言，失望地戳著她的背。

「由比濱同學，請妳不要一直戳我。」

「嗯……」

但由比濱沒有停手，仍然彆扭地戳著她。雪之下終於受不了，輕輕咳嗽一聲。

「嗯……更正，大部分是沒有關連的人，不過有例外情況。」

「小雪乃！」

由比濱立刻抱住雪之下。

「好悶熱……」

雪之下半是痛苦半是開心地嘟囔，我則對材木座道別。

「總之就是這樣，今天我們沒空，你改天再來吧。」

跟他道別後，我們繼續往前走。

然而，他的腳步聲仍然跟在我們後方。

「唔，真巧，今天我也剛好沒什麼事……」

「是嗎？有空閒很好啊……不過，你為什麼要跟著我們？」

我暗示材木座不要再跟過來，但他不予理會。

「真閒，真閒啊～不如找個地方晃一下吧～對了，八幡，你們要去哪裡？」

「車站前。」

「什麼……真是太巧啦，今天我也打算從車站那裡回家。難道這一切都是註定好的……我懂了，這是這個世界的決定……」

「…………」

看他裝模作樣實在很噁心，於是我選擇無視。

材木座一邊思考，一邊不時瞥向我們。

由比濱有些厭煩地湊過來說悄悄話。

「自閉男，那個中二……」

「中二？妳是這樣稱呼他啊？」

不覺得那樣很過分嗎……

不過，她毫不在意我話中的含意，繼續說下去。

「沒錯。我說那個中二，好像很希望我們邀請他耶。」

「這我也知道……」

雪之下聽到我的回答，聳肩嘆一口氣。

「明明知道還故意裝傻……唉，如果由比濱同學覺得沒問題，不妨也邀請他吧。與其讓他一直跟著，那樣還比較乾脆。」

「嗯～～該怎麼辦呢？」

「但是邀請他的話，你便得負責到最後喔。」

「妳是我老媽喔……那麼由比濱，要不要邀請他？」

由比濱稍微考慮一會兒。

「嗯～我跟他也不算不認識，他又是自閉男的朋友……好吧。」

「謝啦，雖然我跟他才不是朋友。」

「不、不是朋友啊……」

她露出不知是驚訝還是呆愣的表情說道。我轉身對材木座開口：

「材木座，你要一起來參加由比濱的慶生會嗎？」

「唔？哎呀，可惜我正處於修羅場階段，被腦內的截稿期追殺中……不過拒絕別人的邀請也很失禮，好吧，我跟你們一起去。」

「可惡……真想揍人……」

我完全不懂他在囂張些什麼，開口說出的話仍是老樣子教人不爽。雪之下聽了，眼神中也出現些許殺意。

「他遠比我想像的還要難搞……」

「沒、沒關係啦，反正越多人參加越有趣嘛。」

「妳不需要勉強自己。」

我這麼勸告由比濱，她則用一連串笑聲勉強帶過。

「啊、啊哈哈哈哈……啊，是小彩！」

「什麼？戶塚嗎？由、由比濱，妳剛剛說越多人慶生越有趣對吧？對吧！」

「咦？是、是沒有錯……不過你要去哪裡？」

我絲毫不理會由比濱的疑問，用有生以來最快的速度，如旋風般衝刺出去。

「他跑掉了……速度真是驚人……」

「戶塚～～今天是由、由比濱的生日，我們要去幫她慶祝，你要不要一、一一一起來呢？」

我對戶塚大聲問道，同一時間，依稀聽見後方傳來材木座的叫聲。

「啊？喂，反應怎麼跟問我的時候不同？好像不太公平耶。」

× × ×

黃昏時刻的車站前呈現一片車水馬龍，到處充滿喧囂聲，我們五個人走在繁忙的街道上。

「抱歉，戶塚，硬是把你也找過來……」

「不會啦，當時我也正打算送禮物給由比濱。而且，八幡願意邀請我，我很高興喔。」

戶塚實在太可愛，我不禁哭得稀里嘩啦。

「嗚嗚嗚……戶塚願意一起來，我也很高興——啊！不行不行，雖然戶塚真的很可愛，但他是男的。冷靜下來，比企谷八幡，你不可以被迷惑。好，冷靜。維持修行僧的心態，絕不能被誘惑打敗。吸～～吐～～吸～～吐～～讓精神徹底沉澱下來……修行切忌女色、修行切忌女色……等等，戶塚明明是男的，這樣有什麼意義？修行僧這一招根本沒用！」

「你又在亂七八糟地嘀咕些什麼……我們到囉。」

雪之下冰冷的聲音把我的意識拉回現實時，只見KTV已出現在眼前。

去KTV唱歌是高中生流行的休閒活動之一。學生跟唱歌之間，有一種怎麼斬也斬不斷的緣分。

例如合唱比賽……等等，為什麼現實充會因為合唱比賽的練習而吵架呢？百分之百會有女生哭訴「男生都不好好唱啦~~」，接著全班同學都會來關心。這是青春歲月中必然發生的一個事件，非常淺顯易懂。

可是，事件的背後其實是這樣──

「那個人為什麼突然哭出來？真好笑。」

「我倒是覺得很不爽。」

「我懂！感覺她很喜歡指揮別人對不對？」

「……不過，她怎麼這麼久還不回來啊？是不是該去找她？」

「妳是說大家一起去找她嗎？哇~我們果然超青春的~」

哎呀，大家真喜歡歌頌青春呢，真是太棒了！

穿過自動門進入店內，氣氛立刻變得喧鬧。

「啊，哥哥！」

小町已經先抵達KTV，坐在沙發上等候。她一看到我們，立刻跑過來。

「喔，小町，妳已經到啦？」

「嗨~小町~」

「妳好妳好，今天承蒙邀請參加慶生會，真是非常感謝。」

「我才要謝謝妳過來捧場。」

「哪裡哪裡，既然是結衣姐姐的生日，哪有不來的道理？」

小町跟由比濱一來一往地相互寒暄。這時，由比濱突然感觸良多地嘆道：

「唉……小町真好……如果有個這樣的妹妹，一定會很快樂……小町，妳要不要當我的妹妹？啊！我、我不是那個意思喔！」

「笨、笨蛋！妳妳妳說什麼啊？小町是我一個人的妹妹，絕不會交給任何人！」

沒錯，絕對不會！

由比濱聽我這麼說，這次發出另一種嘆息。

「妹控出現了……唉……」

「對不起，小町的哥哥就是這樣……」

「沒關係，這不是小町的錯……」

唔，有種自己變成壞人的感覺，我最好暫時離開這個是非之地。

「對了，還沒有跟櫃檯登記吧？我先去登記一下。」

我離開之後，後面似乎傳來誰的說話聲，混雜在現場的音樂中。

「啊，我也去！」

「唔嗯，我也跟著去吧，誰教此刻沒有屬於我的容身之處！」

「……感覺兩人獨處的時間，被他那悲哀的理由破壞了……」

× × ×

很好很好，雖然有奇怪的東西混雜其中，至少結衣姐姐還滿努力的，所以小町可以放心啦。

哥哥他們走向櫃檯後，雪乃姐姐對小町開口：

「小町，上次讓妳幫了不少忙，真是謝謝妳。」

「不會不會，因為是雪乃姐姐的請求啊。哥哥總是給雪乃姐姐添麻煩，所以如果不嫌棄，小町也會盡量提供幫助的！」

哎呀～雖說是幫忙，但小町其實是幫另外一種忙。嘿嘿嘿～

「妳們在聊什麼？」

戶塚哥哥還是一樣可愛，那副興致勃勃的表情，感覺……啊！糟糕糟糕！

「前幾天小町跟哥哥還有雪乃姐姐，三個人一起去買由比濱姐姐的生日禮物。」

「啊，原來如此。聽起來很快樂呢，我也好想跟大家一起出去玩。」

「是啊！不過……哥哥如果單獨跟戶塚哥哥出去玩，好像會更高興……啊！小町開始擔心哥哥會走向奇怪的方向啦！」

哥哥在家裡聊學校的事情時，話題幾乎都圍繞在戶塚哥哥身上，感覺書腰上都可以開一個「今日戶塚」專欄，這點實在很令人擔心。

「雖然不是很清楚，不過妳也真辛苦。我對妳感到同情……」

「事到如今，只能指望雪乃姐姐和結衣姐姐……」

雖然雪乃姐姐總是一副事不關己的態度，小町還是對她抱以期待！

「我跟由比濱同學……是指望我們什麼？我不太懂得該如何體罰別人。」

「不好意思，請不要使用暴力。」

「嗯……施以精神折磨的話，我倒是滿有把握的。」

「帶、帶著燦爛的笑容說出那種話，小町會很困擾的……」

× × ×

櫃檯的店員正在操作管理系統。

「跟您確認一次，來賓是由比濱小姐沒有錯吧？您的包廂是二〇八號，房內已經準備好麥克風和點播機。時間快到時，我們會用電話通知您。」

「好～謝謝。」

由比濱接過放有收據的小盤子。同一時間，材木座向我問道：

「我說，八幡，」

「嗯？什麼？」

「敢問剛才那位即為令妹否？」

「是沒錯……」

我有種不好的預感……

「……那麼大哥，再問令妹何名？以及年齡和興趣。」

「我絕不會告訴你。還有，敢再叫一次『大哥』，我就要揍人囉。」

「唔，真冷淡，不然『哥哥』如何？」

「一樣不行！」

×　×　×

我們各自拿著裝滿飲料的玻璃杯進入包廂。

戶塚見大家遲遲不敢開口，於是率先舉杯：

「嗯……那麼，由比濱，祝妳生日快樂。」

他說完後，大家一起乾杯。

「生日快樂。」

「生日快樂！」

「嗯……賀正。」

「不對。賀正也是慶祝喜事沒錯，但是跟生日無關……」

雪之下、小町、材木座接連送上祝賀，最後輪到今天的主角——由比濱舉起手答謝大家。

「謝謝各位～那麼，我要吹蠟燭囉！呼～～」

「耶～～」

由比濱吹熄蠟燭後，大家再一次乾杯，然後不知為何開始拍手，的確是慶生會該有的樣子。

接著，場面沉默下來。

「……」

「咦？大、大家怎麼了？」

「有點像是徹夜吵吵鬧鬧之後的尷尬氣氛……」

由比濱緊張地環視每一個人，小町也不安起來。

只有雪之下跟我鎮靜地面對這片沉默。

「沒有，只是因為不太習慣這種場面。」

「我們不知道慶生會或慶功宴上該做什麼，所以提不出意見。」

「非常同意，我從來沒受邀參加過慶功宴之類的活動。」

「我則是參加過一次後，再也沒人邀請我。」

我一派輕鬆地說著，結果材木座突然發出勝利的大笑聲。

「哇哈哈哈！太嫩了、太嫩了！你被邀請過一次，不是已經很好了嗎？這樣還自以為是獨行俠，笑死人啦！」

「什麼……看來你根本不懂。我告訴你！我是因為全班都強制參加才去的，而且之後再也沒人邀請我，代表我犯下什麼致命的錯誤！雖然你從來沒參加過，但如果有機會參加，還是可能玩得很高興！所以我才略勝一籌！」

「什、什麼！唔，不愧是專業級的獨行俠……」

「爭奪這種稱號還真難看……我每次都有受到邀請，但一次也沒答應過，所以我才是最厲害的。可以了吧？」

「嗚！這個不服輸的女人！」

根據先前這一段對話，我們無從得知判斷勝負的標準為何。不過對雪之下來說，這場比賽應該是她獲勝。

戶塚察覺到氣氛不太對勁，連忙出聲打圓場。

「好、好啦，難得的慶生會，我們聊些快樂的事情。對不對，由比濱？」

「咦？嗯～我覺得滿開心的。過去很少有人幫我舉辦慶生會，所以很高興……」

我想由比濱確實很高興，只見她臉上泛起幸福的微笑，流露出滿心喜悅。

「真意外，我以為妳一年三百六十五天都在 Juicy Party Yeah（註46）。」

「那是什麼英文，我聽不懂……等一下，那是英文嗎？」

「我也不知道是不是英文……不過妳跟三浦那群人不是滿要好的嗎？」

由比濱聞言，稍微思考一下說：

「嗯～雖然偶爾有機會參加慶生會，不過大部分都是我幫其他人慶祝，或是充當現場的工作人員。拿完自己的食物時，慶生會也結束了……」

「原來是這樣……啊，總覺得有點抱歉。」

這種往事真教人傷心，我不禁開口向由比濱道歉，她也尷尬地垂下視線。

註46 日本女性配音員高橋智秋創造的問候語。

「啊，沒關係，我沒有放在心上。」

「……」

我們沉默好一陣子，小町再度露出苦笑。

「……怎麼又變成那種氣氛……小町受不了啦！結衣姐姐，不要想太多，我們來乾杯喝可樂！」

「啊，對喔！」

「耶～～」

小町跟由比濱兩人互相乾杯，營造出歡樂的氣氛。

這時，我不禁發出嘆息。

「唉……」

老實說，我實在拿這一類活動沒轍。

其中一個原因，的確在於我從來不曾受邀參加慶功宴或同學會，所以不太習慣。但除此之外，我還感到另一種疑惑。

在我看來，那類活動只是所有人一起歡呼、努力炒熱氣氛所營造出來的效果。如果那群現實充男女不大吵大鬧，想必會陷入極度的不安。他們似乎認為，只要安靜下來，自己便會成為無趣的人。

因此，他們才拚命找話題、打開話匣子、把場面弄得熱熱鬧鬧，甚至吵得快把屋頂掀翻。這種讓自己看起來很了不起的行為，簡直是威嚇。

「唉……」

「八幡？怎麼回事？為什麼要嘆氣？」

戶塚盯著我的臉問道。

「啊，沒事……只是覺得，這叫什麼來著……慶生會？我還是不知道舉辦慶生會到底應該做什麼……」

「又不是結婚典禮……」

「嗯……吃東西、大家乾杯、表演餘興節目？還有……切蛋糕塔？」

「哈哈，的確。不過，祝福的心意是不會變的。啊，不然我們來切蛋糕吧！」

「……這是我第一次跟彩加攜手合作呢。」

我自動轉換成認真的神情。

「八、八幡……你好狡猾，突然用名字叫我……」

「好，停！蛋糕是由我．來．切．的！」

由比濱突然插話，我也因此恢復理智。

「……啊！好險好險，腦中一不小心便閃過戶塚穿婚紗的樣子……真奇怪，他明明是男的。」

「……嗯，真的很奇怪，而且很不舒服。」

由比濱陰沉地回道。我輕輕對她微笑說：

「是啊，果然很奇怪，但不會不舒服。戶塚是男生，所以應該穿燕尾服。」

「你們已經決定要結婚囉！」

這一瞬間，有人用力朝牆壁一捶，「咚」一聲發出巨大聲響。

「哇，嚇我一跳……由比濱，妳那麼大聲讓隔壁包廂的客人生氣了。」

「啊，抱歉……奇怪，這裡不是有隔音嗎……算了，不重要。」

由比濱一邊嘟噥，一邊伸手拿從廚房借來的刀子。

「那麼，我要切蛋糕了……自、自閉男，你幫忙按住盤子。我、我們兩個人……沒、沒有什麼特別的意思喔……」

她的後半句話幾乎都含在嘴裡，我根本聽不清楚。妳是跟我一樣坐在理髮廳的椅子上，被造型師問要剪什麼髮型嗎？把話講清楚好不好？

「沒關係啦，既然今天是妳的生日，妳只要坐著享受就好，切蛋糕這件事可以交給我跟戶塚。」

「咦……可、可是，這樣對小彩不太好意思……」

「對我就不會不好意思嗎……不然，小町如何？」

「咦？這樣子叫小町切蛋糕，會讓小町被扣分的……如果只是兩個人在家裡還沒關係……哎呀，有點害羞耶。喔，這句話是幫小町加分用的。」

「……煩死了。還是妳要材木座？」

我把希望寄託在材木座身上。

「咦～～」

由比濱瞬間露出非常厭惡的表情。

「妳的反應那麼激烈，他有點可憐……」

我出於對材木座的同情，向由比濱提出柔性抗議。

隔壁的材木座聞言，痛苦地按住胸口。

「嗚！我被封印的門扉要開啟了！沒錯，那是我還在平凡的小學，接受軍事訓練時發生的事。該說是命運巧妙的安排嗎？我主動幫忙打飯時，一名女戰士含著眼淚，拒絕我盛給她的咖哩……」

「看吧，妳刺激到他的創傷，角色又開始分裂……」

「啊，我、我不是討厭他的意思。只是覺得，嗯……希望他可以先把手洗乾淨。」

「咕！」

由比濱又給予材木座致命的一擊。

雪之下無奈地看著這一切，稍微嘆一口氣後拿起刀子。

「呼……我來切吧。切東西我很拿手。」

「喔，感覺妳的確很擅長切東西沒錯，像是切斷緣分或理智線。」

「你不也很拿手嗎？你跟他人的緣分不是常常被切斷？」

「為什麼我會變成被切斷的那一邊？而且，我們家篤信佛教，我要切斷自己跟世俗的孽緣，以成為釋迦牟尼為目標。從佛教的角度來說，我的位階超高。」

「你又一知半解地胡說一通……佛教在本質上對『緣』相當重視，釋迦牟尼也用

『因緣』說明『緣』的存在——」

「……雪基百科又出現了。」

「那是什麼亂七八糟的稱呼……算了，不跟你爭這些。我負責切蛋糕，你幫忙固定住盤子。」

「是。」

我依照雪之下的吩咐，輕輕按住盤子。

這時，由比濱慌慌張張地跳出來阻止。

「等、等一下！我看還是我來切吧！一、一想到自閉男跟小雪乃要攜、攜手合作……」

我還是聽不清楚她後半句在說什麼。妳是跟我一樣騎腳踏車騎到一半，被員警攔下來檢查防竊登記嗎？把話講清楚好不好？

不過雪之下好像聽清楚了，她一臉訝異地說：

「這樣嗎？那就麻煩妳。」

「嗯！太好啦！我要做我要做！」

「好，由比濱同學，請妳好好按住盤子。」

「原來是我跟小雪乃攜手合作啊？嗚嗚……心情好複雜……」

× × ×

雪之下熟練地將蛋糕切開。

「六等分切得真漂亮……」

「這又不是什麼大不了的事。」

她看著平均切成同樣大小的蛋糕，稀鬆平常地說道。一旁看著的由比濱，則略帶驚喜地問道：

「哇~真的耶！小雪乃，妳是A型的嗎？」

「妳為什麼那樣認為……」

「沒有啦，因為妳很一絲不苟啊。」

「她不算是一絲不苟，應該說是有潔癖或完美主義。」

「真無聊……血型跟性格怎麼可能有關係。」

雪之下不欣賞血型占卜，全身散發出特有的寒氣。這時，戶塚用溫暖的聲音調節溫度。

「啊，不過我是A型的，很容易在意小細節呢。」

「喔？感覺戶塚會成為一個好老婆。」

「不要再取笑我啦，八幡……」

戶塚漲紅臉頰，一旁的雪之下則用冰冷的視線看過來。

「雖然不是很重要，但你對待我的態度好像不太一樣……」

一暖一冷之間，溫度的落差真大。這裡是沙漠型氣候嗎？

打破這股氣氛的，是最擅長此道的材木座大師。

「唔，不過那種占卜至少稱不上是錯誤。據聞AB型的個性是表裡不一，這句話真是妙哉，連我都會在一瞬間覺醒為另一個自己……嗚！怎麼在這個時候……冷靜下來！我的右手！」

「如果要玩遊戲，請你去外頭……那麼，由比濱同學是什麼血型？」

「我嗎？我是O型。」

小町聽了，立刻拍手表示理解。

「喔～粗枝大葉的O型對吧！」

「什麼啊？照妳這麼說，A型的人是『欸～粗枝大葉』（註47）囉。」

「糟糕……由比濱同學是O型，看來血型占卜真的有幾分道理。」

「咦？我真的有那麼粗枝大葉嗎？」

「結衣姐姐，不用難過，小町也是O型。」

「妳是憑什麼要她不用難過啊……」

「這個……情況緊急的時候，可以輸血給對方嘛。」

註47　粗枝大葉的日文為「おおざっぱ（oozappa）」。此處是玩文字遊戲，指O型的O是「oozappa」的O，A型的A則是「欸～粗枝大葉」的A。

雪之下聽到如此粗枝大葉的回答，浮現驚恐的表情。

「真隨便……血型占卜的可信度越來越高……」

「那麼雪乃姐姐又是什麼血型？真的是A型嗎？」

「B型。」

雪之下乾脆地回答。

「啊，我也開始相信血型占卜了。」

「你好像話中有話……」

「沒有啦～因為妳很我行我素、總是旁若無人，感覺的確很符合。」

「照那樣說的話，你也是B型囉？」

「哥哥是A型喔。」

小町說完話的瞬間，現場氣氛立刻凝結。

「啊？」

「咦咦咦？」

「喂，驚訝成那樣很沒禮貌耶。」

「噗咻～八、八幡是A、A、A、A型？不可能不可能，絕對不可能！這種隨隨便便又不守時還缺乏協調性的獨行俠，怎麼會是A型！不論怎麼看，他都沒有半點農耕民族的特質。非常謝謝各位。」

「可惡……我要揍人了……」

我恨不得立刻伸出右手，抓住材木座的下巴。這時戶塚有點不知所措地開口：

「抱、抱歉……其實，我也有點驚訝……」

「戶、戶塚……」

我突然覺得快哭出來了。

「啊，不過情況緊急時我可以輸血給你！」

「戶、戶塚～」

我又突然高興地叫出來。

在場不是只有我一個人高興，雪之下的嘴角也泛起淡淡的笑意。

「太好了。多虧比企谷同學，血型占卜的可信度完全被推翻。」

「不是跟妳講過，別笑著說出那種話嗎？我會很受傷的。」

「啊，真抱歉……是我思慮不周，沒考慮到複雜的家庭環境中，出現血型造假的可能性。我向你道歉。」

雪之下道歉時還是充滿攻擊性。

「不准當著我妹妹的面講那種話！萬一到時候發現我們不是親兄妹，我不知道會做出什麼事情啊！」

小町是親妹妹，所以我還懂得踩煞車。萬一不是，我可是會對她灌注大量愛情。

由比濱似乎看穿我的想法，受不了地叫道：

「那根本不算是妹控，已經是個變態啦！」

「不過小町倒是覺得沒關係。啊，這句話有沒有讓小町加分呢？」

「妳的社會性要扣分！我妹妹怎麼也怪怪的！我們果然是兄妹！」

「哎呀～雖然小町跟哥哥的血型不同，性格還是很像。成長環境果然有影響～」

「沒錯，像是喜歡芹菜而且要求很多。」

還有最怕夏天以及容易妥協。

「你們到底是在什麼樣的家庭裡成長……真想見見兩位的雙親……」

「歡迎歡迎！如果介紹雪乃姐姐給家中父母，他們會感動到哭出來喔～」

小町開心地邀請，雪之下則歪頭感到不解。

「為什麼？」

「咦？因為那是哥哥的……」

「比企谷同學的？」

「嗯……沒什麼……奇怪～旗子怎麼沒有立起來呢……」

小町不知道一個人在嘟噥些什麼，聲音又被由比濱的咳嗽聲蓋過去。

「嗯嗯，我、我也有點想去看看呢～因為……」

這一瞬間，小町的眼睛發出光芒。

「結衣姐姐，請妳也務必要來我們家玩！既成事實既成事實♪」

「嗯，好！」

這兩人的感情真好，可惜她們忘記一件很重要的事。

「不過家裡有養貓，我看還是算了吧。妳不是很怕貓嗎？」

「糟、糟糕！我都忘了！」

由比濱很明顯地消沉下來，相對的，戶塚則對「貓」這個字立刻產生反應。

「咦？八幡家的貓很可愛呢。」

「是嗎？牠總是一副目中無人的態度。喊牠的名字時，會用尾巴甩地板；半夜啪啪啪喝水的模樣，簡直是妖怪。而且我回家時，牠還會過來聞我的腳臭，然後露出一副呼吸困難的樣子。」

貓這種生物碰到不喜歡的人類時，的確會出現這些行為。不過要說那樣很可愛的話，的確是滿可愛的。

戶塚似乎也喜歡貓，不認同我提出的種種缺點。

「咦～～牠好可愛喔～～嗯，真想再多摸摸牠……我也可以去……八幡家嗎？」

「可、可以啊……不過要等我爸媽不在的時候。」

「唔，為什麼只有他不一樣？」

材木座，這種事情還需要解釋嗎？

可愛的戶塚讓我為之陶醉。同一時間，我瞥見雪之下扭扭捏捏的模樣。

「比、比企谷同學……那個……我、我也……」

「嗯？」

我聽不清楚，於是再問一遍，但她這次把我的問題擱到一邊。

「沒、沒什麼，大家趕快來吃蛋糕吧，已經切好了。」

「啊，對喔。小町，幫我拿叉子。」

「好～」

我從小町的手中接過叉子時，好像聽到有人微弱地嘟噥：

「唉……貓啊……」

× × ×

由比濱把蛋糕送入口中，幾秒後發出佩服的聲音。

「嗯～～小雪乃做的蛋糕好好吃～～」

「真的嗎？很高興妳喜歡。」

「真的好好吃！雪乃姐姐要結婚，已經沒有什麼問題呢！對不對，哥——」

這時，隔壁包廂又發出巨大聲響。

「呀！」

「又來了……他們有點太吵了吧？」

我不耐煩地瞪一眼牆壁，戶塚則聳聳肩苦笑道：

「是啊，不過KTV本來就會很吵……咦，這個蛋糕裡是不是放了桃子？」

「沒錯，因為現在市面上開始出現好吃的桃子。」

雪之下在蛋糕中加入大量的桃子，味道非常高雅。我咂著嘴品嘗這塊蛋糕，材木座不疾不徐地開口說：

「八幡，古代的中國認為桃子可以讓人長生不老，是一種相當珍貴的祕方。由此可見，這的確是充滿喜氣的食物。」

「喔？這麼棒的一則小知識，為什麼只對我一個人說？雖然我很瞭解你的心情啦。」

「不過，雪乃姐姐真的很會做料理呢～」

小町佩服地說著，但雪之下仍維持平淡的態度，既不得意也不謙虛。

「妳過獎了。小町在家裡應該也會煮飯吧？」

「會。父母都在外面工作，所以由小町煮飯。不過以前是由哥哥負責。」

小町說完後，由比濱猛然站起身大表驚訝。

「什麼！妳說自閉男嗎？」

「是啊。小町升上高年級前，讓她碰刀子跟爐火會有危險。也因為這樣，我的廚藝在全國小學六年級的學生中，可是數一數二的！」

「那是什麼要自誇不自誇的話……」

雪之下不知該做何感想，不過我才不是要自誇不自誇，而是真的在自誇。

「如果是小六程度的家事，大大小小都難不倒我。我早已做好隨時嫁出去當家庭主夫的覺悟！我是絕對不會工作的！工作就輸了！」

我如此大聲宣言後，雪之下頭痛似地按住太陽穴。

「又頂著一副死魚眼說那種話……」

「原來自閉男會做菜，不知道我能不能學會……餅乾到現在還送不出去……」

「啊，說到做菜，我差點忘了。」

雪之下在書包裡翻找一陣，拿出某樣東西給由比濱。

「來，送給妳。」

「咦？這是什麼？」

「生日禮物。雖然不知道跟妳的興趣合不合……」

「喔，是妳翻閱好幾本平常根本不會看、內容不知所云還有害大腦的雜誌後，挑選出來的玩意兒嗎？」

我剛說完，立刻被雪之下瞪一眼。好恐怖。

「不用你多嘴。」

「小雪乃，妳為了我……謝謝，我可以現在打開嗎？」

「可、可以……請便。」

雪之下有點害羞。由比濱見狀，對她露出格外開心的笑容，開始打開包裝。

「圍裙……謝、謝謝妳！我會好好珍惜的！」

由比濱看來非常開心，雪之下因此鬆一口氣。

「與其當成裝飾品好好珍惜，不如妳多使用這件圍裙，我會更高興。」

「嗯！我會好好使用！」

「那麼，輪到我了。」

戶塚看著她們兩人，接著在書包裡翻找。

「來，由比濱。因為妳總是把頭髮綁起來，我挑了髮飾送妳。」

「謝謝你，小彩！這個真的好可愛，感覺比我還有少女風……」

「小町送的是這個。」

小町同樣是有備而來，從書包裡拿出包裝精美的禮物。

「來，相框。」

「謝謝妳，小町！」

「本來還想附上照片一起送給由比濱姐姐，可是家裡只有一堆死魚眼的照片……該說相機實在拍不出好看的照片嗎？」

「啊～果然拍成照片也是一副死魚眼……等一下，那種照片我一點都不想要！」

儘管由比濱這麼說，還是顯得很高興。

材木座看到大家各自送出禮物，不禁搔搔頭皮。

「嗯……這下不妙，倉促之下實在無暇準備禮物。」

畢竟他是臨時決定參加，要是真的有準備禮物才可怕。由比濱也這麼認為，所以對他輕輕一笑，溫柔地說：

「你不用放在心上。」

「對了！我在自己手寫的原稿上簽名送給妳——」

「……你不用放在心上。」

由比濱兩次說的話都一樣，但第二次的口氣降到絕對零度。

「咕呵，被拒絕了！咳咳，既然如此，就把我的『動畫歌曲一○○自選集』CD送給妳。」

一聽到這句話，我立刻抓住材木座的肩膀阻止他。

「材木座，住手！絕對不要那麼做！」

「唔，為、為什麼你會用快哭出來的表情阻止我，真是反常。」

他不解地回頭看我。

「沒辦法，只好跟你說了……這是我朋友的朋友的故事……」

「總覺得這句話有點耳熟……」

由比濱頗感納悶，我則娓娓道來：

「國中時，那個人有個心儀的女生。對方很喜歡音樂，隸屬於管弦樂社。那個人在對方生日的那一天，鼓起勇氣送出生日禮物。他想到對方非常喜歡音樂，因而徹夜不眠地做一張自己推薦的動畫歌曲集。他在選曲上還格外用心，刻意避開太宅、歌詞太直接的情歌。」

「嗯，那份心意值得嘉許。」

「但我已經想像得到後果……」

材木座跟雪之下各自發表意見，不過接下來才是重點。

「那個人見對方收下禮物，感動得快要流下眼淚。想不到，隔天便發生悲劇。中午的營養午餐時間，負責校內廣播的同學俏皮地介紹歌曲，聲音傳達到校園各處：『嗯～接下來呢，是二年C班阿宅谷八幡同學……噗呵呵呵，他點播給山下同學的情歌～』」

「夠了！八幡，別再說！」

「可惡！」

材木座激動地抱住我，我在他的懷裡流下淚水。由比濱則將視線瞥向一旁，避免直視這個畫面。

「果然是自閉男的往事……」

「笨蛋！那才不是我的往事，是阿宅谷的！」

我大聲地反駁由比濱，然而在場沒有任何人相信，連雪之下也浮現超越同情、幾近恐懼的神情。

「我實在太小看比企谷同學……你比我想像的還要嚴重……」

「直到哥哥畢業後，『阿宅谷』這個名字仍然繼續流傳下去。小町還得裝成不認識哥哥，那段日子真辛苦……」

「八幡已經成為傳說呢……」

在我微弱的哽咽聲中，大家紛紛輕聲說道，但聽在我的耳裡，只覺得更加傷心。

× × ×

「哎呀～～真的非常感謝大家～～我想這是我最快樂的一次生日！」

由比濱望著堆成小山的禮物說道，雪之下只是聳聳肩。

「妳真是誇張。」

「哪有？人家是真的很高興！雖然過去爸爸媽媽幫我慶祝生日時，的確也很高興，不過，今年的感覺特別不一樣……謝謝妳，小雪乃。」

「……我、我只是做該做的事而已。」

雪之下別過頭，由比濱依然高興地看著她。說不定這真的是一個很棒的生日。

「不過那樣聽來，妳家的感情很和睦呢。去年我生日的時候，只拿到一萬圓的現金，而且連買蛋糕的錢都算在裡面。」

「嗯，我也差不多，剩下的錢大概是拿去買肯德基。」

「咦……只、只有那樣嗎？我們家都會準備蛋糕，隔天早上醒來時，床邊還會出現禮物……」

「你是不是跟別的節日搞混了？」

但如果是戶塚，的確會希望他能過一個最棒的生日。戶塚的爸爸媽媽，你們做得真好！

相較之下，我們家……

正當我浮現這個念頭時，小町搶先一步開口。

「其實只有哥哥受到那樣的待遇，小町過生日時，大家會一起去買禮物、聚餐，然後買蛋糕回家。」

「該不會只有比企谷同學不受寵愛吧……」

「啥！妳在說什麼傻話？我可是超受寵愛的！我還打算再讓父母養個二十年，如果得不到寵愛可是很麻煩的！」

「這種兒子真討厭……」

由比濱似乎真的感到厭惡，讓我有些受傷。這時，小町苦笑著為我緩頰。

「可是，我們家的父母的確很隨便啦……」

「他們隨便的程度，連我都有點看不下去。」

「配你剛剛好……」

雪之下說得很不客氣，但事實根本不只如此。

「他們甚至因為我在八月八號出生，直接取了『八幡』這個名字。」

「這真的很隨便耶！」

沒錯，我也這麼認為。然而，雪之下並不這樣想。

「名字不就是那樣取的嗎？我也一樣，只是因為在下雪的日子出生，家人便取了這個名字。」

哎呀，想不到還有人跟我一樣。不過，「雪乃」這個名字感覺跟「雪之下」很合，所以我沒有多說什麼。

小町似乎和我抱持一樣的想法。

「可是，『雪乃』這個名字很好聽喔。」

「謝謝妳，我並不討厭，而且滿喜歡的。我認為『小町』這個名字也很好聽，很適合妳。」

「雪、雪乃姐姐……」

「夠了，雪之下，不要誘惑我的妹妹。瑪莉亞正在看喔。」

我彷彿看見她們的背後開出一片白百合。破壞這股氣氛的人，想當然耳是我們的材木座大師。

「咳咳，看來大家都是由自己的父母決定名字。」

「嗯？難道你不是？」

我這麼一問，他立刻把身體往前傾。

「吾名乃自非常遙遠的過去繼承而來，如果真要說是誰賦予這個名字……那便是『命運』吧……」

「喔～～」

一點都不重要。

「嗯，附帶一提，那個字寫做『命運』，讀做『祖父』。」

「你一開始便說是祖父取的不就好嗎……」

嗯，真是徹徹底底一點都不重要。

這時，戶塚的資料傳了進來，重要性大幅提升，來到最高機密的等級。

「啊哈哈，看來我的名字最普通。父母取這個名字，只是希望我能為自己的人生添加色彩。」

「這即為『人如其名』，戶塚的確為我的高中生活添加不少色彩。」

「討厭～～不要開玩笑啦！我會生氣喔！」

真想讓他生氣看看……我原本認真的表情，瞬間轉為幸福的笑容。戶塚這時忽然想到什麼，轉而向由比濱提問。

「對了，為什麼妳的名字叫做『結衣』呢？」

「咦？我嗎？嗯……我沒有問過耶……」

「既然今天是妳的生日，不如回去後問問看父母親吧？我想妳是一個很受雙親寵愛的孩子，他們一定會告訴妳很多內容。如果方便的話，改天再和我分享。」

「小雪乃……」

「喂～～雪之下，這次連釋迦牟尼都在看囉！」

我這次彷彿看見雪之下的背後出現曼陀羅。會不會太浪漫？

「不過，不管是自閉男、小雪乃、小彩還是中二，大家的名字背後都有含意呢……啊！」

「怎麼回事？」

我這麼一問，由比濱顯得有些落寞。

「沒、沒什麼……只是突然想到，只有我還沒有綽號。」

「算了吧。我們的綽號也都是妳取的，我可是一點都不喜歡。」

「剛開始我同樣很排斥，但是妳一直改不掉，所以最後我也放棄了……」

「唔，中二這個名字讓我有點受傷……」

面對接二連三的否定，由比濱露出不解的表情。

「咦？為什麼？我覺得很好啊。」

「啊，我、我並不介意，而且『自閉男』這個綽號滿可愛的。」

「沒錯吧～」

戶塚如此打圓場，讓由比濱恢復心情。

「也是啦。跟我歷代幾個綽號相比，現在這個還算可以。」

「歷代……所以你之前也被取過綽號嗎？」

雪之下對我問道。

「沒錯，讓我們進入『被同班同學取的難聽綽號前三名』單元。」

「怎麼突然變成聽起來很討厭的單元……」

由比濱有點傻眼，小町倒是興致勃勃地加入。

「小町是助理主持人～那麼，現在即將公布第三名！」

我配合小町的演出，準備依照名次一一公布。

「第三名……」

「登登！」

材木座也模仿緊張時刻的鼓聲，我稍微醞釀一下氣氛後——

「……『一年級比企谷同學的哥哥』。」

我公布名稱的瞬間，雪之下露出悲傷的表情。

「被班上同學那樣叫，確實滿可憐的……那根本是完全否定你的存在……」

「那不是哥哥的錯！是小町表現得太過突出，才造成那個悲劇！」

我忍住淚水繼續公布。

「第二名……」

「登登！」

材木座發出一陣鼓聲之後，現場完全安靜下來。

「『那邊那位』。」

「嗯，這個我有印象，大家的確偏好使用這一類指示詞。沒辦法，誰叫我的名字太了不起，大部分的人都不敢直接稱呼。」

材木座非常自然地插進來解說。之後當然還是由小町繼續主持：

「接下來是最具衝擊性的第一名！」

「第、第一名……」

「登登！」

我即將公布時，材木座再度敲響鼓聲。

「咕嚕……」

在場所有人都吞一口口水，等待我說出答案。

「我、我實在說不出口……」

不行，那個名字我真的說不出口。我再也無法忍受，淚水頓時落下。這時，戶塚溫柔地輕撫我的背。

「想不到那麼嚴重……八、八幡，你不用勉強自己說出來喔。」

「謝謝你，戶塚……」

我抽泣到一半，由比濱無情地開口：

「既然這樣，你何必一開始就挖自己的瘡疤啊……」

「吵死了！還不是因為妳對綽號抱持莫名其妙的想像，我才要讓它幻滅！」

「不過，我認為只是比企谷同學比較例外……」

雖然雪之下這麼說，但我敢說，大家一定都有不少這樣的綽號。綽號這玩意兒根本不是什麼好東西。不知小町究竟明不明白我的心情，她對大家提議：

「啊，不然這樣好了，大家一起幫結衣姐姐想個好聽的綽號吧。」

「小町真是個好孩子！好～那麼從今天開始，小町的綽號就是『町町』！」

「天啊，結衣姐姐真沒有品味……」

「咦，真的假的……虧我還很有把握……」

由比濱稍微受到打擊。戶塚沒有理會，專心地思考著。

「嗯……綽號啊……『小濱』怎麼樣？」

「那個『濱』字是『海濱（beach）』的『濱』吧？不錯喔，戶塚。既然海濱的發音跟蕩婦（bitch）很像，乾脆直接叫『蕩婦』如何？」

「我早就說過不要叫我蕩婦！駁回！」

「嗯～如果叫『結衣大姐姐』，是不是能讓小町加分呢？」

「等一下，不准考量自己的利益！而且太丟臉了，駁回！」

「嗯……『千葉的暗黑白虎』。」

「綽號跟別名是兩回事……而且那樣到底是黑色還白色，分清楚好嗎？」

「不用多說，駁回！」

在戶塚之後，包括我、小町跟材木座的提議接連被打回票。接下來，輪到雪之下信心滿滿地登場。

「那麼……小結衣怎麼樣？」

「咦～聽起來好詭異……」

雪之下聽到自己的提議被瞬間否決，眉毛不禁顫一下。

「妳不想想自己的品味怎麼樣，還如此挑剔……既然如此，不如妳自己想一個吧？」

於是，由比濱開始動腦筋。

「自己幫自己取綽號還滿奇怪的……」

「妳大概還沒有自覺，不過那就是妳的寫照。」

「閉嘴！我完全不覺得自己奇怪，應該說非常正常。」

雪之下也點頭同意。

「沒錯。非常普通，非常平凡。」

「妳那樣講讓我有點受傷……」

「雪之下難得會誇獎人呢。」

「什麼？那種話算是小雪乃的誇獎嗎？」

「以雪之下的標準來說，沒被說是垃圾或人渣，便是很好的稱讚。好啦，快點想想妳自己的綽號。」

「嗯……可是突然要我想出一個綽號……啊。」

由比濱靈光一現，戶塚立刻投以期待的眼神。

「想到了嗎？」

「嗯，我的名字是由比濱結衣，所以……就叫『由由』吧。」

「噗！」

我忍不住噴笑出來。喂，妳在開玩笑嗎？那種綽號未免太丟臉。

「喂！你在笑什麼！」

由比濱對我發出抗議，但雪之下同樣擔心地看著她。

「妳是自虐狂嗎？為什麼幫自己取那麼丟臉的綽號？如果妳有什麼煩惱，可以找我談談……」

「竟然那麼認真地擔心我！」

另一方面，戶塚和小町似乎可以接受。

「我覺得不錯啊，滿可愛的。」

「沒錯～很有結衣姐姐的風格。」

由比濱聽到這些話，重新燃起自信。

「沒、沒錯吧！我一點也不覺得奇怪！」

「嗯～～由本人說那種話好像有點……」

「竟然露出曖昧的笑容別開視線！」

正當她抱頭發出呻吟時，一個意想不到的援軍參戰。

「唔，我想多叫幾次之後應該能夠習慣。當初我繼承劍豪將軍這個名號時，也覺得很不適應，不過經過三天，也就變得很理所當然。」

「中二，你說得真好！但是請不要把我跟你相提並論。」

「嗚嘻ｗ」

由比濱擊沉前來幫忙的援軍，再度轉向雪之下。

「所以小雪乃，試著叫叫看嘛。」

「絕對不要。」

「哇～～雪乃姐姐閃電拒絕……」

雪之下拒絕的速度超快，連小町都為之卻步。接著，由比濱一臉可惜地轉向我。

「唔唔唔……那麼，自閉男……你叫一次看看……」

「啊？那麼花俏又夢幻的名字，我實在說不出口……」

其實我純粹是覺得太丟臉，無論如何都不肯開口。

有一瞬間，由比濱跟我對上視線，然後又立刻撇開。

「……不、不然……『小由』也可以。」

她也覺得這個綽號不太好意思，指尖緊緊捏著裙襬，同時別開略微泛紅的臉頰。

「唔，看來綽號的定義正在逐步瓦解。」

「中二先生，現在的氣氛正好，請暫時安靜一下。」

「是、是的……」

接下來短短一陣子，整個空間陷入沉默。

「自閉男……」

由比濱緩緩抬起潮溼的雙眼，認真地望向我。

「小……小……啊，對啦，把有困難的地方拿掉變成『比濱小姐』，不就成為綽號嗎？」

「你說什麼也不肯叫我『結衣』啊！」（註48）

註48 「由」與「結衣」的日文發音相同。

「哥哥真沒用……」

由比濱感到一陣錯愕，小町也看不起我似地喃喃抱怨。可是，那樣真的很丟臉嘛……

關於由比濱的綽號，最後還是沒有達成共識。雪之下社長做出如此結論：

「總而言之……大家直接用名字稱呼由比濱同學即可，對吧？」

「算了，就那樣吧……」

×　×　×

戶塚雙手捧著玻璃杯，用吸管喝飲料。

「啊，飲料喝完了。」

「嗯？喔，那我去拿。」

我輕輕接過他的杯子，順便也把自己的拿起來。戶塚發覺我的用意後，露出笑容說：「謝謝。那麼，我要咖啡。」

「知道了。其他還有誰要裝飲料嗎？」

我環視全場，雪之下迅速端起杯子。

「比企谷同學，我要紅茶。」

「是。」

「那麼～小町要可樂。」

「好。比濱小姐呢？」

我接著問比濱小姐，但她把臉撇向其他地方，沒有回答我的意思。

「……哼。」

「比濱小姐？」

「嗚……哼！」

我再問她一遍。這次她生氣地看我一眼，接著立刻把頭轉回去。我搔搔頭，不知該拿她怎麼辦。沒辦法，只能那樣叫她看看。

「那個……由由，妳要不要喝什麼？」

「啊，抱歉，還是別用那個綽號叫我……」

由由對我合掌道歉。

「不用不好意思。由由，妳想喝什麼？」

「不要那樣叫我啦！我跟小町一樣就好！」

「好，那麼可樂沒問題吧，結衣？」

「真煩……咦？」

她呆愣一下，雙眼連連眨個不停。嗯，該怎麼說……剛才是我不小心講錯了。

剩下材木座還沒問。

「材木座，你要喝什麼？咖哩？」

「想把我當成團體裡的大塊頭不成……我要超神水（註49）。」

「我知道了，汽水對吧？」

「這樣也能溝通……哥哥跟中二哥哥的感情真好……」

× × ×

「嗯……咖啡、紅茶、可樂，還有……咖哩嗎？」

我在飲料區幫大家裝飲料時，一直聽到很大的歌聲和音樂聲。從聲音傳來的方向判斷，應該是來自我們隔壁的包廂。

「喔，隔壁真熱鬧。他們吵成那樣子，還敲我們的牆壁，的確造成我們不少困擾……去提醒他們一下吧……」

我從來不曾為自己輕率的舉動如此後悔過。如果我沒看到那幅駭人的景象，今天便能帶著滿滿的幸福回家。想不到自己竟然得目睹那種悲劇……

我走到他們的包廂前輕輕敲門，但是聲音被裡面的音樂掩蓋。

「嗯？他們沒聽見嗎？那我來偷瞄一下。」

我小心翼翼地轉動門把，從細小的門縫看進去。

註49 傳統的特攝戰隊影集中，黃色戰士通常是喜歡吃咖哩的胖子。「超神水」則是漫畫《七龍珠》裡，傳說喝了可以增強功力的水。

「咦……那是……平塚老師？嗯，看她只有自己一個人，八成是平塚老師沒錯。」

平塚老師總是獨來獨往，所以我應該沒有認錯人。

她手握麥克風，無力地盯著螢幕發呆。

「呼……一切的情歌都是詐欺、都是欺騙、都是謊言……完全提不起勁唱歌……隔壁還在聊結婚什麼的，那麼高興……現實充，通通給我爆炸吧……」

聽到這裡，我連忙關上包廂門，但依然無法隔絕裡面傳出的哽咽聲。

「嗚嗚嗚……平、平塚老師……拜託哪個男人快來娶她吧……啊，不妙，她往這裡來了。」

我隔著門察覺到裡面有動靜，趕緊離開門口跑向飲料區，裝作什麼也沒看見。

接著，平塚老師滿臉疲憊地走過來。

「唉，嘴巴好乾……咦？比企谷，想不到你在這裡。」

「辛、辛苦了。倒是老師為什麼會在這裡……」

她一時之間不知該如何回答，但馬上恢復平常的模樣。

「我嗎？我是……來這裡抒發壓力。你呢？喔，我想起來了，是來參加由比濱的慶生會對吧。玩得還愉快嗎？」

「嗯……是啊。」

老師忽然流露溫和的笑容。

「這樣啊……不好意思，讓我抽根菸。」

接著，她從胸前的口袋掏出香菸，含在嘴上點燃，吐出的煙霧飄散至空中。

「這一陣子你已有點改變呢。如果是過去的你，根本不可能參加別人的慶生會。不管這段期間究竟發生什麼事，看到自己的學生有所成長，身為老師實在很高興。」

「老師……」

「不過，比企谷，現在的你仍然覺得生活中充滿欺騙、虛偽吧？沒有關係，強烈的猜疑心正是你不斷動腦思考的證據。我不求現在便看到結果，但希望總有一天，你能找出屬於自己的答案。」

原來老師真的有在觀察我。

她對現在的我既不否定也不肯定，而是站在一旁觀察。

這麼一想，我感覺到心裡流過一陣暖流。

「……老師，既然我們剛好遇到，妳要不要來慶生會露個面？」

「嗯？聽你邀請我，我是很高興……但是傍晚已經跟由比濱說我有活動，萬一他們發現我是被趕出聯誼……沒關係，還是算了，突然打擾你們的慶生會也不太好。」

「沒有那種事。即使老師要唱年代跟我們相差很遠的歌，我們還是可以幫忙打拍子。」

我特別為老師著想，老師卻不知為何握緊拳頭。

「比企谷，給我咬緊牙根……衝擊的——第一拳！」

× × ×

「話說回來，想不到這裡也有飲料吧，我還以為那是家庭餐廳的專利。」

「沒有沒有，大部分的ＫＴＶ都有這一類東西。」

我聽到雪之下和由比濱的對話，接著插入小町的聲音。

「說到這個，為什麼會選擇ＫＴＶ呢？如果想要無限暢飲，不是應該去家庭餐廳嗎……」

「因為這裡有獨立包廂吧。」

「原來如此。不過，既然都來到ＫＴＶ，感覺應該唱幾首歌呢。」

戶塚幫忙回答問題後，小町以慫恿的語氣如此說道。

由比濱感受到她的意圖，率先表示贊成。

「沒錯！哎呀～剛才的氣氛實在不適合唱歌，所以我一直沒有提～」

「妳還是那種個性，喜歡折磨自己。明明不用顧慮那麼多……而且，今天是妳的生日，稍微任性一下我們也會聽的。」

「小雪乃……那、那麼……」

這段對話從包廂內傳出，我手拿飲料，輕輕敲幾下門。

「喂，幫忙開門。」

「哥哥回來了！」

「八幡，我來囉！」

戶塚快步走過來，幫我開啟包廂的門。

「謝啦，戶塚。」

我的聲音多一層淡淡的哀傷，他擔心地抬頭看我。

「咦？你怎麼了嗎？是不是發生什麼難過的事？」

「沒有，沒什麼。我完全沒遇到任何難過的事……」

沒錯，剛才什麼事都沒有發生，也沒有一臉哀傷的單身女教師……我受到一記拳頭攻擊，記憶跟著喪失。要不是如此，我真的會覺得有些難過。

我把放滿玻璃杯的托盤置於桌面，材木座看起來相當不高興。

「太慢了，八幡！別丟下我一個人這麼久，害我只好玩起手機遊戲！」

「吵死了！獨行俠在這種地方就應該比誰都勤快，免得受到別人哀憐的視線！」

「天啊，這是什麼討厭的技能……」

小町在不該佩服的地方感到佩服。

材木座似乎也認同我的理論，沉吟一陣之後，往膝蓋一拍。

「唔唔唔……好，我允許你下次要去裝飲料時，可以找我一起去！」

「你是在傲嬌什麼……來，雪之下，妳的紅茶。」

我把玻璃杯遞過去，雪之下直截了當地接下，回到先前和由比濱的話題。

「謝謝你。那麼，我們剛才說到哪裡？」

「喔，我是想說我們一起唱歌吧，一個人唱有點不好意思。」

「絕對不要。」

雪之下再度閃電拒絕。

「咦！妳不是才說什麼要求都會聽嗎？」

「我並沒有說那種話……」

「好啦好啦，由比濱，妳放過雪之下吧。她對唱歌很沒自信。」

「真的嗎？」

由比濱愣愣地問著。雪之下頓時挺起胸脯，手放在胸前驕傲地說道：

「呵，我可不想被你瞧不起。不論是小提琴、鋼琴、電子琴，音樂方面我多少有點涉獵。」

「又彈鋼琴又彈電子琴有什麼意義嗎……」

總而言之，雪之下大概想表達她在音樂上有很高的素養。

「我並不排斥唱歌，只是不確定自己的體力夠不夠唱完一整首歌。」

「體力未免太差了……」

那樣子有辦法活下去嗎？

這時，由比濱拉拉她的袖子。

「小雪乃，兩個人一起唱的話，只需要一半的體力喔。」

「那是怎麼算的……好吧，既然妳都那樣要求，我便陪妳唱一首。」

「萬歲！」

由比濱成功說服雪之下，興奮地歡呼。這時，小町伸手去構點播機。

「妳們唱完後，小町也唱一下吧～戶塚哥哥呢？」

他們兩人拿著點播機仔細研究一會兒後，戶塚指向其中一首。

「嗯……我想唱這首歌。」

「那是女歌手的歌喔。」

「啊，是喔……不知道我唱不唱得上去……」

「戶塚哥哥應該完全不用擔心這個問題……還是不放心的話，小町可以幫忙。」

戶塚原本不太有把握，聽了小町的話之後，立刻換上燦爛的笑容。

「真的嗎？謝謝！我一個人唱也有點不好意思……」

「唔！這、這是……小町理解哥哥會失去理智的原因了……」

喔？妳終於理解了嗎？不過我才沒有失去理智。

「嗯……看來大家都要兩兩一組唱歌。」

不知為何，材木座稍微往我的位置挪動過來。

「喂喂喂，等一下，這樣不對吧？現場的男女生不是一半一半……喂，為什麼我得跟你一組！」

他完全不理會我的抗議。

「呼……是時候展示我的動畫歌曲資料庫。我看看，從九〇年代後半開始吧。」

「喂，雖然我也很喜歡那時期的歌，但是不想跟你一起唱！」

「喂喂喂，現在你還說那種話，只會增加我的困擾。我也不想一個人在這種場合唱歌啊！如果我開口，現場氣氛一定會變得很尷尬。」

「你滿有自覺的嘛……既然這樣，你乾脆不要唱，乖乖坐在角落用膝蓋打拍子。」

「不行，忍不住了！我要唱！到時候請給我最好的橘色螢光棒！」

「螢光棒的顏色不重要！」

再說，我們很明顯是最冷的一組，到時候根本不會有橘色螢光棒這種選擇。

正當我們吵些有的沒的時，其他兩組皆迅速做好準備。

「啊，那麼我跟小雪乃唱這首。」

「可是我沒聽過那首歌……等一下，妳有在聽我說話嗎？」

由比濱沒聽進雪之下的話，逕自快速地把歌曲號碼輸進機器。

「嗯……確認鍵在……」

「這裡這裡。」

接著，機器發出一陣嗶嗶聲。

「嗯～啊～Dividing Driver！嗯，喉嚨的狀況還不錯。」

「等、等一下！至少、至少讓我跟戶塚合唱一首！」

材木座認真地發出「ＧＡＧＡＧＡ」的聲音練習發聲時，機器響起冰冷又不帶感情的語音：

『現在即將播放音樂。』

雪之下輕嘆一口氣。

「……唉，真是的。」

「嘿，小雪乃，要開始囉！」

「由比濱同學，給我麥克風。」

「想不到妳意外地有幹勁啊！」

慶生會上找不到自己的容身之處，聊綽號時踩中自己的心靈創傷，唱歌時還得跟男生同一組……果、果然……我的青春戀愛喜劇搞錯了……

×　×　×

KTV的自動門開啟，由比濱一面舒展筋骨，一面走向店外。

「嗯～～唱得真滿足！偶爾唱一下歌真快樂。小雪乃，我們下次再來吧！」

「不要。和妳一起來，就得跟著唱一大堆歌……一首唱完了，竟然還得再奉陪五首……」

雪之下第二個走出店門。由比濱聽到她厭煩地這麼說，立即發出哀求。

「咦～～妳唱得那麼好，下次再一起來嘛～～」

「啊，還有小町！小町也想再一起來！」

小町飛奔到雪之下的身旁。雪之下夾在兩個人之間，臉頰稍微泛紅。

「……好吧，偶爾陪妳們來一下是無妨。」

「嗯，謝謝。也謝謝妳今天辦的慶生會。得到這麼多人的祝福，我真的很高興。」

「這不要謝我，是他找來這麼多人。」

「對、對喔……自閉男～」

我跟在她們之後踏出店門，看見由比濱把頭轉向我。

「嗯？」

「那個，今天很謝謝……咦？」

她說到一半，突然不可置信地看向我身後。我跟著回過頭，發現自動門的門口出現一道人影。

隨著一陣機械聲，一名女性走出來。

「唉……又一個人虛度這麼久的時間。算了，反正回去也是獨自一人……呵呵。」

見到那名女性自嘲地笑著，由比濱不由得震驚地問：

「平塚老師？您不是去參加活動嗎？」

「由、由比濱！你、你們怎麼還在！」

平塚老師驚慌失措地看著我們。

我一聽到「活動」這個字眼，腦中立刻閃過一個念頭，忍不住脫口而出：

「老師參加的活動，該不會是……聯誼……」

「……進行得不順利嗎？」

雪之下的語氣中帶有同情，由比濱也努力安慰老師。

「老、老師？沒、沒關係啦，結婚本來就不代表一切。老師的工作穩定，又那麼厲害，即使是一個人也可以過得很好，所以請打起精神！」

然而，平塚老師聽完她的安慰，眼眶反而溢出淚水。

「嗚、嗚嗚嗚嗚嗚嗚……過去也有人跟我說過同樣的話……」

這句話聽在我們耳裡，都覺得難過。這時，平塚老師突然飛奔出去。

「啊，老師逃走了。」

老師逐漸遠去的聲音，迴盪在夜晚的街道，產生都卜勒效應。

「唉……好想結婚……」

（BONUS TRACK！「像這樣的生日快樂歌」完）

浮文字

果然我的青春戀愛喜劇搞錯了。3

（原名：やはり俺の青春ラブコメはまちがっている。3）

著者／渡航
封面插畫／ponkan ⑧
譯者／涂祐庭
內文審校／施亞蒨
執行長／陳君平
榮譽發行人／黃鎮隆
協理／洪琇菁
國際版權／黃令歡、高子甯
執行編輯／石書豪
美術主編／李政儀

出版／城邦文化事業股份有限公司　尖端出版
台北市中山區民生東路二段一四一號十樓
電話：（〇二）二五〇〇—七六〇〇
傳真：（〇二）二五〇〇—二六八三
E-mail：7novels@mail2.spp.com.tw

發行／英屬蓋曼群島商家庭傳媒股份有限公司城邦分公司　尖端出版
台北市中山區民生東路二段一四一號十樓
電話：（〇二）二五〇〇—七六〇〇（代表號）
傳真：（〇二）二五〇〇—一九七九

中彰投以北經銷（含宜花東）／楨彥有限公司
電話：（〇二）八九一九—三三六九
傳真：（〇二）八九一四—五五二四

雲嘉經銷／智豐圖書股份有限公司　嘉義公司
電話：（〇五）二三三—三八五二
傳真：（〇五）二三三—三八六三

南部經銷／智豐圖書股份有限公司　高雄公司
電話：（〇七）三七三—〇〇七九
傳真：（〇七）三七三—〇〇八七

馬新經銷／城邦（馬新）出版集團Cite (M) Sdn. Bhd.
E-mail：cite@cite.com.my

法律顧問／王子文律師　元禾法律事務所
台北市羅斯福路三段三十七號十五樓

二〇一三年三月一版一刷
二〇二四年二月一版十八刷

版權所有・翻印必究
■本書若有破損、缺頁請寄回當地出版社更換■

YAHARI ORE NO SEISHUN LOVE COME WA MACHIGATTEIRU. 3
by WATARI Wataru
© 2011 WATARI Wataru
Illustrations by ponkan ⑧
All rights reserved.
Originally published in Japan in 2011 by Shogakukan Inc., Tokyo.
Traditional Chinese (in complex character only) translation rights arranged with Shogakukan Inc., Japan through The Sakai Agency.

■繁體中文版■

郵購注意事項：
1. 填妥劃撥單資料：帳號：50003021戶名：英屬蓋曼群島商家庭傳媒(股)公司城邦分公司。2. 通信欄內註明訂購書名與冊數。3. 劃撥金額低於500元，請加附掛號郵資50元。如劃撥日起 10～14日，仍未收到書時，請洽劃撥組。劃撥專線TEL：(03) 312-4212 ・ FAX：(03) 322-4621。E-mail：marketing@spp.com.tw

國家圖書館出版品預行編目資料

果然我的青春戀愛喜劇搞錯了。3/ 渡航 著;涂祐庭譯
—1版.—臺北市：尖端出版，2013.03
面 ； 公分.—(浮文字)
譯自:やはり俺の青春ラブコメはまちがっている。3
ISBN 978-957-10-5184-0(平裝)

861.57 101015957